Pit Vogt

ENGEL der HOFFNUNG

Geschichten über Engel

Idee, Design & Layout: Pit Vogt

Alle Stories sind frei erfunden

Impressum   © 2021

Herstellung und Verlag:
BoD - Books on Demand, Norderstedt
ISBN: 9783755737285

INHALT

Vers für Mama

Es ist das Engelsbuch für Dich
Für Deine Liebe auch ein Dank
Ein Buch
Ein Engel
Sicherlich
So manche Weihnacht
Inniglich
Noch einmal streicheln
Ewig lang

Dein Sohn

Weihnachten an „Ausfahrt 77"

Das Schneetreiben nahm einfach kein Ende mehr. Immer dichter verwehte der immer stärker werdende Sturm die riesigen Flocken und Susan musste das Scheinwerferlicht ihres Wagens abblenden, um überhaupt noch etwas zu erkennen. Mit aller Macht krachten die Sturmböen in ihr Fahrzeug und es schien beinahe unmöglich weiterzufahren. Sonderbarerweise schien sie plötzlich ganz allein auf der Autobahn zu sein. Allerdings verwehrte der tosende Blizzard ohnehin, dass sie die Scheinwerfer anderer Fahrzeige wahrnehmen konnte. Längst fuhr sie nur noch Schritttempo, und da bemerkte sie es, dieses etwas windschiefe Schild, welches auf die „Ausfahrt 77" hinwies.

„Da muss ich mal raus!", rief sie laut und ihre Entscheidung schien goldrichtig zu sein. Denn plötzlich krachte ein riesiger Baumstamm mitten auf die Fahrbahn und versperrte den Weg. Susan aber fuhr die „Ausfahrt 77" von der Autobahn ab. Die Straße allerdings wurde schmaler und schmaler und mündete schließlich in einen unbefestigten Weg. Der führte geradewegs in ein dichtes Waldstück. Dort ging es nicht mehr weiter und Susan nahm an, dass es sich um einen

kleinen Waldparkplatz handelte. Nur war sie ganz alleine dort.

„Nicht einmal den Schnee hat einer weggeräumt!", murrte sie in sich hinein.

Als sie den Motor des Wagens ausgeschaltet hatte, vernahm sie das Donnern und Tosen des Sturmes, der sich in den zahllosen Tannen verfing und die Schneewolken wie eine riesige Herde vor sich hertrieb. Susan hustete und dachte an ihre Eltern. Eigentlich war sie auf dem Weg zu ihnen und wollte unbedingt abends, zum *Heiligen Abend,* dort sein. Aber nun? Es war so dunkel, dass sie glaubte, es sei schon tiefste Nacht. Nervös kramte sie ihr Handy aus der Tasche. Doch es war wie verhext, an diesem verlassenen Ort gab es einfach kein Netz. Aussteigen wollte sie nicht, denn der Sturm war einfach zu stark. So kippte sie die Lehne ihres Sitzes nach hinten, legte sich gemütlich in das entstandene bettähnliche Gebilde und schloss ihre Augen.

Zur gleichen Zeit war auch Familie Miller, Ron, Lena und der kleine Tim, auf dem Weg nach Hause. Und auch sie benutzten jene Autobahn, auf welcher schon Susan gefahren war. Auch sie wunderten sich, dass sie plötzlich ganz allein unterwegs waren. Schließlich fanden sie die winzige „Ausfahrt 77", welche auch Susan genommen hatte, um den Blizzard abzuwarten. Familienvater Ron schimpfte und Lena, seine Frau, versuchte, den Frieden wiederherzustellen.

„Dann schaffen wir es eben nicht!", zischte sie, *„Den Weihnachtsbaum können wir morgen immer noch aufstellen!"*

Langsam glitt der Wagen unter den mit Schnee bedeckten Tannen entlang und erreichte den winzigen Parkplatz, wo auch Susan stand.

„Schaut mal", rief Tim, der kleine Sohn der Familie, laut, *„dort steht noch ein Auto!"*

Ron hatte es ebenfalls bemerkt und hielt den Wagen an. Lena musste kichern und sagte mit bebender Stimme: *„Das sich hierher noch jemand verirrt hat, unfassbar."*

Die kleine Familie starrte aus dem Wagen in das wilde Schneegestöber und hatte das Weihnachtsfest, den *Heiligen Abend*, längst abgeschrieben.

Plötzlich ließ der Sturm nach und Ron wollte den Wagen wieder starten. Doch aus irgendeinem Grund funktionierte etwas nicht.

„Auch das noch!", rief er entnervt und stieg aus. Auch Susan hatte wohl mitbekommen, dass der Sturm vorüber war und wollte abfahren. Und auch ihr Wagen streikte. Immer wieder versuchte sie es und starrte dabei genervt zu dem anderen Wagen, dem es ebenso erging. Ron zuckte hilflos mit den Schultern und lehnte sich kopfschüttelnd an seinen Wagen. Nun stiegen auch der kleine Tim und seine Mama Lena aus und sprangen vergnügt durch den Schnee. Die beiden schien es gar nicht zu stören, dass sie an diesem merkwürdigen verlassenen Orte festsaßen. Im Gegenteil, sie freuten sich und trällerten

ein Weihnachtslied nach dem anderen. Susan stieg ebenfalls aus ihrem Auto und rief: *„Es hat wohl wenig Sinn, in den Motorraum zu sehen! Oder haben Sie Ahnung?"* Damit schaute sie zu Ron, der immer wieder mit den Schultern zuckte.

„Wissen Sie was", rief Lena, *„wir haben einen Weihnachtsbaum dabei. Den haben wir eigentlich für heute Abend besorgt, es war der letzte, ein bisschen schief zwar, aber egal. Wollen wir ihn hier aufstellen?"*

Tim rief laut: *„Ja, das wär wirklich schön"*, und Susan nickte, während sie sich die kalten Hände rieb.

„Ich habe Streichhölzer dabei, und wenn wir ein bisschen Reisig sammeln, das halbwegs trocken ist, könnten wir uns ja ein Lagerfeuer machen."

Susan fand diese Idee großartig und holte die Flasche Sekt, die eigentlich für ihre Eltern bestimmt war, aus dem Wagen.

„Und die trinken wir dazu!", rief sie laut.

„Schade, dass wir nichts zu essen dabeihaben", meinte Ron.

Und während die anderen nach trockenem Reisig suchten, holte Susan die Becher ihres Saftservice aus dem Wagen.

„Das war eigentlich ein Geschenk für meine Eltern, für den Sommer, wenn sie im Garten ihres kleinen Häuschens sitzen. Komisch, nun muss es ausgerechnet im Winter ausprobiert werden!"

Lena und Ron mussten kichern und Tim sprang immer wieder durch den meterhohen Schnee, um sich in besonders hohe Haufen einfach fallen zu lassen. Es dauerte nicht lange, da hatten sie eine Menge Holz gesammelt und Ron versuchte, das Lagerfeuer zu entfachen. Doch so sehr er sich auch mühte, das Feuer wollte nicht entstehen.

Plötzlich knackte es laut. Die Vier zuckten zusammen!

„Haben Sie das gehört? Was war das?", rief Lena.

„Ist vielleicht ein Bär oder ein noch wilderes Tier!", entgegnete Susan und musste lachen. Den anderen Dreien aber war es nicht nach lustig sein. Sie verzogen sich in ihren Wagen und schauten von dort ängstlich in die Dunkelheit.

Plötzlich bohrten sich zwei Scheinwerferkegel in die Nacht und ein drittes Fahrzeug rollte heran. Es war ein winziges altes Auto, welches klapperte und quietschte. Es schien wohl ebenfalls nicht mehr weiterfahren zu wollen und hielt schließlich neben den anderen beiden Autos an. Kaum war der Motor aus, sprang ein junger Mann aus dem Wagen. Der stöhnte laut und rief aus voller Kehle: *„Was für ein blöder Abend! Das hatte gerade noch gefehlt!"*

Nun kamen auch die anderen aus ihren Autos und gesellten sich zu dem Neuankömmling.

„Ist die Autobahn immer noch dicht?", erkundigte sich Ron und der junge Mann, der sich unbedingt John ansprechen lassen wollte, meinte, dass er einfach nur eine Pause machen wollte.

„Sagen Sie mal ... John ... haben Sie getrunken?", wollte Susan von dem unbekümmerten, ziemlich kecken Mann wissen. Der vermeintliche John

pfiff sich ein Weihnachtsliedchen und rief: „*Ein wenig, aber was soll's! Es geht sowieso nicht mehr weiter! Ich bin eben rausgeflogen und kann jetzt tun und lassen, was ich will!*"

Ron und Lena verzogen ihr Gesicht, nur Susan schien das nicht zu stören. Sie fand den frechen Jüngling möglicherweise recht nett und lächelte ihn verlegen an. Als John bemerkte, dass Ron das Reisig nicht anzünden konnte, kramte er aus dem Kofferraum seines Autos mehrere Einmalgrills hervor.

„*Damit dürfte es wohl gehen! Zufällig habe ich in einer solchen Fabrik gearbeitet, die so was herstellt. Habe einige heimlich beiseitegeschafft und die können wir nehmen!*"

Ron und Lena fanden das zwar nett, doch über die Art und Weise, wie John zu den Einmalgrills gekommen war, rümpften sie nur die Nase. Als dann aber das Lagerfeuer knisterte und einen angenehmen, warmen Feuerschein verbreitete, schien es egal zu sein, woher die Grills gekommen waren. Sie waren da und das war einfach gut so. John hatte ein paar leere Bierkästen im Wagen und die holte er und stellte sie um das Feuer herum. Währenddessen brachte Ron den Weihnachtsbaum. Er steckte ihn in den tiefen Schnee gleich neben dem Feuer und Lena band noch ein paar Zellstofftaschentücher an dessen Äste, damit sie nicht so kahl aussahen. Etwas Anderes hatten sie ja nicht und dann setzten sie sich auf die Bierkästen und wärmten sich am Feuer die Hände. Susan rutschte immer nä-

her an John heran, und der holte sein Pausen-
brot, welches er an diesem Tag ja nicht mehr gebraucht hatte, um es mit den anderen zu teilen.
Für jeden war ein belegtes Brot da und es
schmeckte wirklich gut. Währenddessen öffnete
Lena die Sektflasche. Genüsslich goss die jedem
etwas in die Plastik-Saftbecher ein.
Dann erhob sie ihren Becher und wollte etwas
sagen, da knirschte es plötzlich. Es hörte sich an,
als wenn etwas durch den Schnee stapfte. Ron,
der schon glaubte, ein Wolf wäre im Anmarsch,
zog einen brennenden Ast aus dem Feuer und
zischte: *„Bleibt wo ihr seid, ich versuche, das wilde
Tier mit dem Feuer zu vertreiben."*
Es dauerte eine ganze Weile, ehe sich das
vermeintliche Wildtier zeigte. Allerdings war es
kein wildes Tier, sondern ein Mensch. Es war ein
alter Mann, der irgendwie aussah wie der Weihnachtsmann. Zwar trug er keinen langen roten
Mantel, sondern einen alten braunen, der oben-
drein auch noch kleine Löcher hatte. Und sein
Bart war auch nicht weiß, sondern zerzaust und
grau. Immerhin, einen Rucksack, wenngleich
einen sehr ausgeleierten, hatte er auf dem Rücken.
Als er die Fünf an ihrem Lagerfeuer und dem
danebenstehenden Weihnachtsbaume sitzen sah,
blieb er stehen und räusperte sich laut. Keiner
traute sich, etwas zu sagen und Ron warf schnell
den brennenden Ast ins Feuer zurück, bevor er
sich auf seine Kiste fallen ließ. Neugierig schaute
sich der Alte um und räusperte sich erneut. Aber

dann nahm er seinen Rucksack vom Rücken und ließ ihn in den Schnee plumpsen. *„Na"*, begann er zu sprechen, *„da war wohl der Winter schneller, als ihr gucken konntet, wie?"* Und als er das sagte, schaute er sich den Weihnachtsbaum genauer an, welcher vom knisternden Lagerfeuer geheimnisvoll angeleuchtet wurde.

John fasste sich als erster und sagte: *„Ja, so kann man das wohl sagen! Auf der Autobahn geht's ja nicht mehr weiter. Aber irgendwie ist's wie im richtigen Leben."*

Der Alte schaute John mit ernster Miene an und meinte schließlich: *„Manchmal sind unsere Wege einfach versperrt und wir müssen stehenbleiben. Dann müssen wir eben die nächste Ausfahrt nehmen, um nachzudenken, was wir tun können, stimmt's?"*

Abwartend schaute er in die Runde und Susan hatte Tränen in ihren Augen. So gern wäre sie jetzt bei ihren Eltern, wäre bei ihrer Mutter und würde sie umarmen, wie auch ihren achtzigjährigen Dad. Der Alte schritt etwas näher an die mit den Tränen ringende junge Frau heran und nickte ihr aufmunternd zu, während er dabei seine Augen schloss.

„Keine Sorge, es geht ihnen gut. Sie sind wohlauf und warten auf dich."

Susan wollte etwas sagen, doch der Alte öffnete seine Augen und meinte dann: *„Fürchte dich nicht. Ich kann mir schon denken, dass du dich sehr um sie sorgst. Aber wenn ich dir sage, dass sie wohl-*

14

auf sind, kannst du mir das glauben. Es wird alles gut."

Lena musste sich nun ebenfalls die Tränen aus dem Gesicht wischen und hielt die Hand ihres Mannes ganz fest. Mit der anderen zog sie ihren kleinen Sohn fest an sich heran und ließ ihn nicht mehr los. Auch zu den Dreien stapfte der Alte und hatte wohl bemerkt, wie sehr Lena bemüht war, die Familie zusammen zu halten.

„Es ist doch nicht schlimm, Weihnachten mal nicht daheim zu feiern.", meinte er dann.

„So viele Menschen können das nicht. Ist es denn so wichtig, jeden Heiligen Abend im schicken Heim zu verbringen? Reichen dafür nicht auch ein verschneiter Tannenwald und ein Lagerfeuer mittendrin? Schaut, ihr habt ein solch schönes Lagerfeuer gemacht und den Baum so wunderbar aufgestellt, besser geht's doch wirklich nicht. Ach so, noch was, egal, wo ihr auch immer seid, ihr seid zusammen. Das ist es, was zählt, Zusammensein! Und das ist doch ganz einfach und gar nicht schwer."

Als er Susan weinen sah, musste er ein wenig grinsen. Und als er so zu ihr stapfte, um sie sich genauer zu betrachten, sagte er: *„Und du solltest nicht ewig so allein durchs Leben gehen. Sieh mal, gar nicht weit von dir entfernt ist jemand, der heute ein liebes Wort gebrauchen kann. Denn er hat etwas verloren, das ihm sehr wichtig war."*

Bei diesen Worten schaute er kurz zu John, der das alles sehr gut zu verstehen schien. Er lächelte Susan an und die trank ihren Becher in einem Zuge leer. Schließlich wischte sie sich die

Tränen aus den Augen und schob verlegen ihre Bierkiste neben Johns. Der zögerte gar nicht lang und nahm die junge hübsche Frau beherzt in seine Arme. Irgendwie schienen sie sich wohl gefunden zu haben, jedenfalls nickte der Alte wieder so seltsam, als er auf den Weihnachtsbaum zu stapfte. Unterwegs blieb er noch bei dem kleinen Tim stehen und strich ihm sachte über seine bunte Bommel-Mütze.

„Du musst mir versprechen, besser in der Schule zu lernen, sonst wird's nichts mit dem Berufswunsch Feuerwehrmann!"

Tim war wie erstarrt, hatte er doch nie gedacht, dass dieser alte Mann etwas von seinen Zensuren und schon gar nicht von seinem Traum von einem Feuerwehrauto wusste. Er wurde puterrot und schämte sich ein wenig. Doch der Alte ließ sich nicht beirren und sagte nur: *„Ach, nimm es nicht so schwer! Das schaffst du schon. Immerhin hast du heute den Weihnachtsmann gesehen. Wenn das nichts ist!"*

Er öffnete seinen Rucksack und holte einige bunt eingewickelte Dinge hervor.

„Hier, das ist für euch, und ich bin mir sicher, dass jeder sofort weiß, welches Geschenk für ihn ist. Ich muss nun weiter. Euch wünsche ich alles Glück dieser Welt und vergesst niemals diesen wundervollen Abend. Denn es ist euer Heiliger Abend. Gottes Segen und ahoi!"

Mit diesen Worten schnallte er sich den alten Jute-Rucksack wieder auf den Rücken und verschwand alsbald zwischen dem Geäst der Sträucher und der düsteren Tannen.

Ron schaute nachdenklich zum lodernden Feuer und bemerkte, dass da noch der Wanderstock des Alten lag. Schnell sprang er auf, griff sich den Stock und rannte dem Alten hinterher, um ihm den Stock zu bringen. Doch so sehr er sich auch umschaute, den alten Mann konnte er nirgends mehr entdecken. So nahm er den Stock an sich und ging zurück. Die übrigen Vier saßen noch immer schweigend um den Weihnachtsbaum und das Lagerfeuer herum und wussten nicht, wie ihnen geschah. Dann aber rief John: *„Na los, lasst uns die Geschenke öffnen! So schnell finden wir ganz sicher keine mehr heute Abend!"*

Und so erhoben sich alle und nahmen sich je ein Päckchen. Merkwürdigerweise trugen alle Geschenke kleine Etiketten, auf denen ihre Namen verzeichnet waren. Schnell waren sie ausgepackt, wobei sich der kleine Tim besonders beeilte. Als alle ihre Päckchen geöffnet hatten staunten sie. John und Susan hatten je eine Reise in eine idyllisch gelegene Baude im Gebirge geschenkt bekommen. Und es war klar, dass sie diese Reise zusammen machen wollten. Lena wunderte sich, denn diesmal hatte sie kein Küchengerät bekommen, so wie sonst. Nein, es war etwas, dass sie sich schon lange gewünscht hatte: *ein Urlaub in einer winzigen Fischerhütte am Meer.*

Und auch Ron fand diesen Urlaubscheck in seinem Präsentkarton. Ja, und der kleine Tim bekam ein blinkendes, feuerrotes Feuerwehrauto, ein ferngelenktes, denn das wünschte er sich am allermeisten. Seine kleinen braunen Augen leuchteten und alle sahen, wie glücklich er war.

Noch sehr lange saßen die Fünf am Lagerfeuer und der *Heilige Abend* verging. Schließlich wurden sie müde und wollten nur noch eines: *nach Hause!*

Als schließlich auch das Lagerfeuer verlöschte, räumten sie alles in die Fahrzeuge, verabschiedeten sie sich voneinander und tauschten noch ihre Adressen aus. Zufrieden setzten sie sich in ihre Autos, und es war ganz merkwürdig, denn die Fahrzeuge ließen sich sofort starten. Langsam fuhren sie durch den tief verschneiten Winterwald zur Autobahn zurück. Und auch hier wunderten sie sich, denn es waren viele Fahrzeuge unterwegs.

„Ach, das war wirklich ein wunderschöner Heiliger Abend.", stöhnte Lena und Ron nickte ihr zustimmend zu. Währenddessen schlief der kleine Tim auf dem Rücksitz und hielt dabei seine neue feuerrote Feuerwehr ganz fest in seinen Händen. Susan und John fuhren hintereinander her und hatten nur ein einziges Ziel: die Liebe. Nie hätte Susan gedacht, auf eine solch merkwürdige Weise jemanden kennenzulernen. John fühlte sich ebenso und ihm war leicht, so leicht wie schon lange nicht mehr. Er wusste, dass er mit dieser fabelhaften Frau, mit Susan, alles schaffen könnte. Das gab ihm die nötige Kraft zum Weitermachen und für einen Neuanfang. Und dieses ver-

meintliche Wunder hatte ihm dieser sonderbare *Heilige Abend* gebracht.

Als Susan schließlich daheim bei ihren Eltern eintraf, kam sie diesmal nicht allein. Sie brachte einen netten, gutaussehenden jungen Mann mit, John.

Tim, der daheim wieder zu ganz neuem Leben erwachte, weil er nicht mehr müde sein wollte, setzte sich gleich an seinen Laptop. Er wollte unbedingt die Stelle heraussuchen, wo die Ausfahrt war, an welcher sie diesen merkwürdigen *Heiligen Abend* erlebt hatten. Doch als er auf der Karte nachschaute, gab es da weder eine solche Ausfahrt noch einen dichten Tannenwald. Nichts dergleichen war da zu sehen.

Als er den Laptop traurig wieder zuklappte, strich ihm seine Mama übers Haar und meinte: *„Ist es nicht egal, ob es diese Ausfahrt gibt oder nicht? Schau, wir waren alle zusammen und haben sogar ganz liebe neue Freunde kennengelernt. Und du mein Sohn, du hast den Weihnachtsmann gesehen. Das ist doch wirklich toll!"*

Tim sah das natürlich ein und er holte seine feuerrote Feuerwehr und ließ sie quer durchs Zimmer fahren. Und dabei war ihm, als wenn eine wohlbekannte Stimme raunte: *„War das nicht ein toller Heiliger Abend? Immerhin hast du heute den Weihnachtsmann gesehen. Das ist doch auch etwas. Frohe Weihnachten Tim und nicht vergessen: Das Wichtigste ist, dass man zusammen ist und am Heiligen Abend nicht allein bleiben muss, egal, wo man gerade ist."*

Eine Weihnachtsgeschichte

Es war die Nacht vor Weihnachten. Police Officer Pete Garland hatte seinen Dienst beendet und wollte eigentlich noch gar nicht nach Hause gehen. Und so nahm er sich vor, noch einmal durch seinen Distrikt in der McAllister-Street der riesigen Stadt San Francisco zu fahren. Es war schon recht dunkel, und ziemlich kalt war es auch. Doch Pete schien das nicht zu stören. Er zog seine Uniformjacke über und wünschte seinen Kollegen, die auf der Wache zurückblieben, ein frohes Weihnachtsfest. Ein Weihnachtslied auf den Lippen verließ er die Wache, die in einem kleinen Eckhaus untergebracht war und ließ sich mit einem leisen Stöhnen in seinen Streifenwagen fallen. Doch sollte er jetzt wirklich noch einmal die McAllister-Street hinunterfahren? War er da nicht vor einer Stunde noch? Als er jedoch an die Einsamkeit daheim dachte, und ihm klar wurde, dass er sonst nicht sehr viel zu tun hatte, fuhr er schließlich los. Langsam glitt der Wagen an den weihnachtlich geschmückten und hell beleuchteten Häusern vorüber. In so manchem Vorgarten stand ein funkelnder Weihnachtsbaum und die Lichterketten überstrahlten den Scheinwerferkegel, der gemächlich über den dunklen Straßenasphalt streifte. Irgendwie kam Pete ins Träumen. Wenn jetzt plötzlich der Weihnachtsmann vor seinem Auto auftauchen würde und ihn fragte, was er sich wohl von ganzem Herzen wünschte, dann wüsste er genau, was er darauf antworten würde. Natürlich, er wollte nicht mehr länger allein durch sein Leben gehen. Er wollte endlich eine nette Frau, die vielleicht sogar Ann hieß wie seine Mutter. Und Kinder wollte er auch. Doch zum Suchen nach einer Partnerin hatte er nie Zeit, oder? Hatte er sich die Zeit vielleicht nie genommen oder vielleicht gar nehmen wollen? Langsam bog er in eine schmale Seitenstraße ein und hielt den Wagen an. Kein Mensch war zu sehen und es schien wohl immer kälter zu werden, denn die Scheiben seines Streifenwagens beschlugen und er konnte nicht mehr sehen, was draußen geschah. Mit einer gekonnten Handbewegung zog er sich den Kragen seiner Uniformjacke bis unters Kinn und stieg aus. Doch was war das? Was fiel denn da vom Himmel? Im Licht eines hell erleuchteten Weihnachtsbaumes am Straßenrand tänzelten ganz sachte Myriaden von Schneeflocken zur Erde. Pete konnte es beinahe nicht glauben, aber es war wunderschön. Und weil diese Nacht so seltsam und so unglaublich schien, begann sich Pete ganz langsam zu drehen. Dabei pfiff er sein Weihnachtslied, welches er eben noch leise im Auto gesungen hatte, vor sich hin „I'll Be Home For Christmas". Immer schneller drehte er sich, und schließlich tanzte und sprang er vergnügt wie ein siebenjähriger Schuljunge die Straße entlang. Irgendwie schien er alles um sich herum zu vergessen, und die Schneeflocken, die recht eisig vom dunklen wolkenverhangenen Himmel schwebten, schienen ihn noch anzutreiben. Was war das nur für ein merkwürdiges, wundervolles Gefühl. So unbeschreiblich gut hatte er sich seit langer Zeit nicht mehr gefühlt. Und als er seine Augen aufschlug, konnte er es nicht glauben. Vor ihm stand tatsächlich und lebensecht ein Weihnachtsmann. Ja, das da vor ihm war tatsächlich Santa Claus in voller Größe, und der schien ihn auch noch auszulachen. Doch zum Stehenbleiben hatte Pete einfach keine Lust. Kurzerhand umarmte er den sichtlich erstaunten Santa Claus und gab ihm einen dicken Schmatz auf die Wange. Dann zog er ihn einfach mit sich. Gemeinsam drehten die beiden Runde um Runde auf der mittlerweile recht glatten Straße. Wo sie sich befanden, wusste Pete schon lange nicht mehr. Es war ihm auch schnurzegal. Er wollte nur noch tanzen und Weihnachtslieder singen. Immer wieder trällerte er sein schönstes Weihnachtslied „I´ll Be Home For Christmas". Und der sonderbare Weihnachtsmann tat es ihm gleich. Auch er schien einfach nicht mehr aufhören zu wollen. Und auch er drehte sich wild im Tanze und schien regelrecht süchtig geworden zu sein von dem wundersamen Gesang. Die beiden bahnten sich ihren Weg durch den ganz plötzlich ziemlich hoch liegenden Schnee. Und noch immer war niemand zu sehen, der sich hätte am weihnachtlichen Singen und Tanzen beteiligen können.

Nicht einmal ein Fahrzeug fuhr an den beiden verrückten Tänzern vorüber. Es war verrückt, aber es war den beiden egal. Irgendwann rutschten sie auf einer Schneewehe aus und fielen der Länge nach auf den Hosenboden. Nachdem sie noch einige Meter auf der spiegelblanken Fahrbahn entlang geschlittert waren, blieben sie schließlich laut lachend nebeneinander liegen. Unwillkürlich starrten sie in den trüben Nachthimmel. Da stoben plötzlich die dicken Wolken auseinander und gaben den Blick auf einen blinkenden strahlend hellen Stern frei. War das vielleicht der Weihnachtsstern? Ein greller Lichtstrahl fiel von dem Stern auf die beiden herab und hüllte sie sekundenlang in sich ein, so, als ob er sie beschützen wollte. Es war wohlig warm in seinem Licht, und die beiden Glücklichen fühlten sich wie Kinder. Und erst jetzt bemerkte Pete, wer da wirklich neben ihm lag. Denn der vermeintliche Santa Claus hatte längst seine Maske verloren, und auch seine lange weiße Haarpracht war bei dem wilden Tanze irgendwo abhandengekommen. Pete riss seine Augen weit auf und starrte fassungslos in das makellose Gesicht einer wunderschönen jungen Frau. Ihre langen schwarzen Haare umspielten ihr verlegenes, aber recht witziges Lächeln, sodass ihm unweigerlich dicke Tränen über seine rosaroten Wangen kullerten. Wie war so etwas nur möglich? Ein Wunder? Wo kam nur diese unsagbar schöne Frau so plötzlich her? Pete staunte, und ehe er sich wieder fassen konnte, flüsterte die vermeintliche

Weihnachtsfrau: „Frohe Weihnachten Fremder."
Pete saß inmitten des Schneechaos auf der Straße
und wusste nicht einmal mehr, ob er grinsen
oder laut lachen sollte. Er war so unglaublich
glücklich, dass er eben einfach nur so dasaß.
Die schöne Weihnachtsfrau ertastete ganz vorsichtig, aber auch ein wenig unsicher seine kalten
Hände und raunte dann: „Wollen wir hier ewig
liegen bleiben? Wir holen uns nur noch ´ne Er-
kältung." Pete half der Schönen wieder auf die
Beine, und dann schauten die beiden wieder zum
Himmel. Der blinkende Wunderstern war verschwunden, stattdessen ertönte von Irgendwo-
her leises Glockengeläut. Beinahe ebenso leise
flüsterte Pete ein andächtiges *Amen*. Die beiden
stellten sich einander vor; die schöne Weihnachtsfrau hieß Ann, wie die Frau in seinem
Weihnachtswunsch. Und als sie ihre Santa-
Claus-Verkleidung abstreifte, verschlug es Pete
schon wieder die Sprache. Denn auch sie trug
eine Uniform, und auch sie war Police-Officer in
San Francisco. Andächtig liefen die beiden zu
Petes Streifenwagen, der noch immer in der Seitenstraße stand und nur darauf zu warten schien,
dass *zwei* Polizisten in ihn einstiegen. Pete konnte
nicht mehr anders- ganz vorsichtig zog er Ann
an sich heran und küsste sie, ganz einfach so.
Und Ann schien das zu gefallen. Die beiden lagen sich in den Armen, als hätten sie sich ein
Leben lang gesucht. Als es ihnen schließlich doch
zu kalt wurde, setzten sie sich in den Wagen und
sprachen sehr lange miteinander. Pete meinte,

dass er sich vor ein paar Minuten noch gewünscht hatte, endlich jemanden kennenzulernen. Und auch Ann hatte diesen Wunsch in jener Nacht, denn auch sie war allein in dieser großen Stadt. Später stellte sich heraus, dass sie nicht einmal sehr weit auseinanderlebten. Jahrelang hatten sie Haus an Haus gewohnt und sich doch niemals kennengelernt. Schon nach kurzer Zeit zogen sie zusammen und arbeiteten gemeinsam auf einem Revier – in der kleinen Wache in der McAllister-Street. Und immer in der Nacht vor Weihnachten fuhren sie als Santa Claus verkleidet die McAllister-Street hinauf, um in dieser schmalen Seitenstraße, in welcher sie sich über den Weg gelaufen waren, stundenlang Weihnachtslieder zu singen und zu tanzen. Und immer war es das gleiche Lied „I'll Be Home For Christmas". Ja, es war wohl kein Wunder, dass diese eine märchenhafte Nacht für die beiden die schönste Nacht des ganzen Jahres war. Als sie schließlich in ihrem Polizeirevier erzählten, wie sie sich kennengelernt hatten, staunten die Kollegen nicht schlecht. Doch als Pete von dem vielen Schnee und von dem hell blinkenden Stern am Himmelszelt berichtete, schauten die Kollegen recht seltsam und ungläubig in die Runde. Und der Reviervorsteher meinte dann: „Das kann gar nicht sein. Ich war in dieser Nacht selbst auf Streife. Aber geschneit hatte es nicht und kalt war es auch nicht. Es war angenehm lau, so um die dreizehn Grad.

Und einen blinkenden Stern, nein, einen solch hellen Stern habe ich auch nicht bemerkt."
Im selben Augenblick schaltete sich das Radio wie von Geisterhand betätigt ein und ein sehr bekanntes Lied ertönte da ganz leise:

„I´ll Be Home For Christmas"

Der Weihnachtsbaum

Jay hatte sein Versicherungsbüro in der obersten Etage eines Hauses in der O'Farrell Street, mitten in San Francisco. Die Geschäfte liefen wieder einmal sehr gut und seine Kunden, die tagtäglich zu ihm kamen, waren sehr zufrieden mit ihm. Dennoch litt sein Familienleben sehr unter seiner vielen Arbeit und sein kleiner Sohn Jamie war sehr traurig, dass sein Papa jeden Tag erst sehr spät aus der Stadt nach Hause kam. Selten nur konnte er mit ihm spielen und über die weiten Wiesen laufen. Dennoch war er froh, dass Papa wenigstens an den Wochenenden daheimblieb. Allerdings hatte er sich manchmal sehr viel Arbeit aus dem Büro mit nach Hause genommen. Jamie brauchte schon eine Menge Kraft, seinen Papa davon zu überzeugen, dass er ihn brauchte und mit ihm spielen wollte. So neigte sich das Jahr langsam dem Ende entgegen und das Weihnachtsfest rückte immer näher. Der Papa hatte einen wunderschönen Weihnachtsbaum mit einer besonders langen und gerade gewachsenen Spitze auf einem Markt besorgt und ihn in eine dunkle Ecke seines Büros gestellt. Am Abend, wenn er nach Hause fuhr, wollte er das Bäumchen mitnehmen. Immer wieder rief sein Sohn Jamie an und erinnerte ihn daran, dass er doch den Baum nur ja nicht vergessen durfte.

Doch der Papa beruhigte ihn und meinte, dass er an alles gedacht habe. Jamies Mama Laura beruhigte den kleinen und tröstete ihn. Sie meinte, dass sie mal mit Papa reden würde, dass der sein Büro vielleicht nach Hause verlegte. Mit seinem PC könnte er dann von Zuhause aus mit seinen Kunden verhandeln. Und dann wäre er wie früher wieder öfter bei Jamie. Der freute sich, dass ihn seine Mama so gut verstand und sehnte sich doch so sehr, dass es wieder so sein würde. Wie oft hatten sie früher, als Papa diesen Job noch nicht hatte, im Garten gespielt. Wozu brauchte er schon all die vielen Spielsachen und Papas vieles Geld, wenn er ihn immer nur am Wochenende ganz für sich allein hatte. Traurig trottete er in sein Zimmer und schaute aus dem Fenster zu den weiten Wiesen und Feldern. Er träumte von den schönen Zeiten und davon, dass ein Engel käme, der ihm seinen Papa für immer zurückbrächte. Doch er wusste, dass so etwas wohl niemals geschehen würde. Und ob die Mama Erfolg hatte, wenn sie mit Papa am Abend sprach, dass er von zu Hause arbeiten möge, glaubte er nicht. Es würde so sein wie immer, Papa wäre jeden Tag im Büro. Und als ob das noch nicht alles wäre, hörte Jamie im Radio nun auch noch die traurigsten Weihnachtslieder. Da liefen ihm dicke Tränen über seine roten Wangen. Draußen begann es zu schneien und die Flocken fielen so dicht, dass Jamie die Straße vorm Haus gar nicht mehr erkennen konnte.

Aber auch der Papa hatte den heftigen Schneefall bemerkt. Er schaute auf seine Armbanduhr und wusste nicht, ob er an diesem Abend zeitig genug nach Hause fahren konnte. Besorgt rief er die Mama an und sagte ihr, dass es sich verzögern konnte. Und so nahm er sich einige Akten aus der Registratur und begann, diese zu bearbeiteten. Plötzlich jedoch bemerkte er einen versenkten Geruch. Er schaute sich in seinem Büro um, doch da schien alles in Ordnung zu sein. Wo kam dieser seltsame Geruch her? Er wollte weiterarbeiten, doch der Geruch wurde immer stärker und schließlich war es einfach nicht mehr auszuhalten. Er öffnete das Fenster, um den Rauch, der durch die Türspalte herein quoll, herauszulassen. Doch das reichte nicht mehr aus. Er wollte sich vergewissern, woher der Rauch kam, öffnete die Tür. Doch so schnell wie er sie geöffnet hatte, warf er sie auch wieder zu. Das gesamte Vorzimmer, inklusive aller Akten in den Schränken hatte Feuer gefangen und brannte bereits lichterloh.

Jay wurde panisch, er wusste, dass er sich in der obersten Etage befand und er wusste, dass er nur durch das Vorzimmer zum Treppenhaus und zum Lift kam. Würde er nun sterben müssen? Er dachte an seine Frau Laura und an seinen kleinen Jamie. Der würde ihn niemals mehr wiedersehen und wäre dann so traurig. Und das vor dem Weihnachtsfest. So durfte es doch nicht enden! Aber was sollte er tun? Was blieb ihm nur, wenn das Feuer durch die Tür bräche? Als er zu dem in der Ecke stehenden Weihnachtsbaum schaute, kamen ihm die Tränen.

Doch was war das? Neben dem Weihnachtsbaum stand irgendetwas, das bis eben noch nicht dort war. Oder hatte er es vielleicht nur nicht bemerkt? Er ging näher, um nachzusehen, was es war. Neben dem Weihnachtsbaum stand ein silbernes Kreuz. Es stand da und leuchtete. Wie kam dieses silberne Kreuz in sein Büro? Und weil der Qualm immer intensiver wurde und er kaum noch richtig atmen konnte, kniete er sich vor das kleine Kreuz und betete.

Er betete jedoch nicht für sich und sein Überleben. Er betete für seine Frau Laura und für seinen kleinen Sohn Jamie. Der war zu Hause und wusste gar nichts von alledem. Ach, wie gern wäre er jetzt bei ihm. Dann könnten sie wieder zusammen durch die Wiesen laufen.

Jay konnte nicht wissen, dass auch Jamie diese Gedanken hatte. Jamie saß noch immer vor seinem Fenster und starrte auf die Flockenpracht, die sich vor seinem Kinderzimmerfenster tummelte. Doch plötzlich sah er seinen Papa in all dem Flockenwirbel. Er sah, wie der vor einem silbernen Kreuz kniete und betete. Wieso betete der Papa, schoss es Jamie durch den Sinn. Er hatte doch noch nie an einem Wochentag gebetet. Da musste etwas passiert sein,

Jamie wusste es genau. Aufgeregt lief er zu seiner Mama und berichtete ihr von seiner Erscheinung. Und als er nicht lockerließ, rief die Mama bei Jay im Büro an. Dort meldete sich jedoch keiner. Und nun spürte auch sie, dass da etwas nicht stimmte. Wie ferngesteuert nahm sie erneut den Telefonhörer zur Hand und wählte nun die Nummer der Feuerwehr. Sie wusste nicht, warum sie das tat, aber ihre Gefühle schlugen in diesen Augenblicken Purzelbäume. Aber auch bei Jay im Büro wurde die Lage immer dramatischer. Die Flammen hatten sich bereits in die Tür hineingefressen und diese drohte nun, jede Sekunde aufzuspringen. Da leuchtete plötzlich das Kreuz blitzartig auf und auch der kleine Weihnachtsbaum glitzerte, als wäre er aus Gold. Jay starrte auf diese seltsame Erscheinung und wich zurück. Plötzlich sah er, wie die Fenster wild auf und zu schlugen. Was hatte das zu bedeuten? Mit letzter Kraft schleppte er sich zu den Fenstern und glaubte seinen Augen nicht mehr zu trauen. Vor den Fenstern befand sich eine Feuerleiter. Sie führte bis zum Bürgersteig nach unten. In Windeseile kletterte Jay aus dem Fenster auf die Feuerleiter und rannte hinunter. Unten wurde er bereits von der Feuerwehr empfangen. Einer der Feuerwehrleute deutete nach oben zu Jays Büro. Und Jay erstarrte vor Schreck. Aus allen Fenstern seines Büros loderten meterhohe Flammen. Wäre er auch nur eine Sekunde länger dort oben geblieben, nicht auszudenken! Er hätte wohl seine Familie nie wieder gesehen. Weinend fiel er dem Feierwehrmann in die Arme. Dann musste er sich erst einmal auf die Trage neben dem Feuerwehrauto legen. Da er der Einzige war, der in der obersten Etage arbeitete, war die

Bergung der restlichen Leute aus dem Haus nicht mehr so schwierig. Es stellte sich heraus, dass der Dachstuhl Feuer gefangen hatte. Ein defektes Stromkabel war wohl der Auslöser. Rasch hatte sich das Feuer dann auf die Büros im Dachgeschoss ausgebreitet. Jay konnte sein Glück kaum fassen. Immer wieder schaute er nach oben zu den Flammen und beobachtete die Feuerwehrleute, wie sie gegen diese Feuersbrunst kämpfte. Beinahe wäre alles zu Ende gewesen und Jay nahm sich vor, seine Arbeitsstätte sofort nach Hause zu verlegen. Das war er seinem kleinen Jamie, seiner geliebten Laura und nicht zuletzt sich selbst schuldig. Denn dieses Unglück hatte ihm die Augen geöffnet. So leichtfertig, wie er sich in den letzten Monaten verhalten hatte, durfte er nie wieder mit all seinen Lieben umgehen. So schnell konnte alles vorbei sein, nur, weil man immer noch mehr verdienen will. Doch worauf es wirklich ankommt, das waren nicht Geld und Erfolg! Nein das waren das Leben und die Liebe. Und das war die Familie, seine Familie. Ja, er liebte sie wirklich sehr. Und er konnte sich nicht vorstellen, wie es wäre, wenn er diesen Unfall nicht überlebt hätte. Es wäre wohl auch das Ende seiner Familie gewesen. Als er sich wieder erholt hatte, fuhr er nach Hause. Auch das Schneetreiben hatte sich gelegt. Nur vereinzelte Flocken segelten noch verloren über die Straßen. Als er daheim ankam, war die Freude riesengroß. Laura und Jamie fielen ihm um den Hals. Doch als Jamie von seiner merkwürdigen

Beobachtung berichtete, dass er den Papa vor einem silbernen Kreuz hatte beten sehen, wurde der Papa ganz still. Er wusste, dass sich das, was Jamie da gesehen hatte, wirklich genau so zugetragen hatte.

Und er erzählte, wie er dieses silberne Kreuz plötzlich in seinem Büro erblickte. Er sagte, dass er sich niederkniete, um zu beten und er sprach von dem Weihnachtsbaum, der plötzlich begann hell zu leuchten. Jamie allerdings wunderte sich sehr. Denn irgendetwas schien sein Papa da wohl zu verwechseln. Denn kurz bevor der Papa nach Hause kam, war ein Fremder vor der Haustür erschienen. Der hatte einen Weihnachtsbaum dabei und meinte, dass dieser von Papa geschickt worden sei. Jay wunderte sich, denn er wusste genau, dass der Weihnachtsbaum in seinem Büro in einer Ecke stand. Sicherlich war der bei dem Feuer verbrannt. Es musste ein anderer Weihnachtsbaum sein. Doch wer sollte der Familie einen Weihnachtsbaum ins Haus bringen. So etwas würde doch nur der … Alle starrten sich schweigend an. Dann lief der Papa schnurstracks hinaus und schaute sich den Weihnachtsbaum an. Und als er sah, dass dieser ebenso klein war, wie der, den er im Büro abgestellt hatte und sogar die gleiche lange gerade gewachsene Spitze trug wie dieser Baum, schaute er zum Himmel und sprach ganz leise: „Amen."
Und so kam der Heilige Abend.
Jay wollte zuvor noch einmal in die Stadt, um zu sehen, was er aus seinem Büro vielleicht noch

sicherstellen konnte. Alle fuhren mit, doch als sie am Bürohaus ankamen, stellte Jay erschüttert fest, dass da wohl nichts mehr zu retten war. Aus den Fenstern tropfte noch das restliche Lösch- wasser und ein Feuerwehrmann, der sich im Haus aufhielt, machte ihm keine Hoffnung mehr, noch etwas Brauchbares zu finden. Er verwies Jay auf die Versicherung.

Als Jay wieder aus dem Haus kam, fiel ihm et- was auf, das er erst gar nicht bemerkt hatte.

Die Feuerleiter, über welche er sich nach unten gerettet hatte, war verschwunden. Und als er den Feuerwehrmann fragte, warum man die Feuer- leiter abgebaut habe, meinte der nur: „An diesem Haus hatte es nie eine solche Leiter gegeben, ist Ihnen denn das nicht aufgefallen? Na, ich wün- sche Ihnen alles Gute und Gesundheit und Frohe Weihnachten." Jay umarmte seine Familie und sagte dann leise zu Laura und zu seinem kleinen Sohn Jamie: „Frohe Weihnachten."

Der Weihnachtsengel

Kurz vor Weihnachten hatte Ralfs Schulklasse eine kleine Ausfahrt geplant. Es sollte in den Harz gehen, wo man sich die wunderschöne Stadt Wernigerode anschauen wollte. Auch der Besuch eines Gottesdienstes war geplant. Dazu wurde ein Bus organisiert. Am 22. Dezember, in den frühen Morgenstunden ging es los. Siebzehn Schüler fuhren mit und alle freuten sich gleichermaßen auf die Tour. Die Eltern hatten den Kindern prall gefüllte Rucksäcke für die Reise mitgegeben und nun standen alle am vereinbarten Ort, um sich zu verabschieden. Es war ein großes Hallo, als sich die Kinder trafen und ein noch größeres, als endlich der Bus anrollte. Die Kinder stiegen ein und die Reise begann. Weil es ziemlich kalt war, hatte der Busfahrer die Heizung so richtig aufgedreht. Einer nach dem anderen zog sich seine Jacke aus. Bis zur ersten Rast spielte auch das Wetter mit. Die Sonne strahlte vom Himmel und die Autobahn war vom Schnee beräumt. Alles klappte hervorragend und alle freuten sich schon auf Wernigerode. Ralf saß neben Uwe, seinem Schulfreund. Die beiden hatten sich immer eine Menge zu erzählen. Vor allem Ralf, denn sein kleines Schwesterchen, welches andauernd im Mittelpunkt stehen wollte, nervte ihn damit, den

Weihnachtsmann sehen zu wollen. Dabei glaubte Ralf schon lange nicht mehr an ihn, denn der Weihnachtsmann war immer der Papa. Auf dem Rastplatz gabs erst einmal ein ordentliches Frühstück. Heiße Würstchen mit Limonade. Aber auch Schokoriegel hatte der Busfahrer mit an Bord. Der heiße Tee der Eltern blieb in den Thermoskannen. Frisch gestärkt gings endlich weiter. Plötzlich verschlechterte sich das Wetter. Es begann heftig zu stürmen und zu schneien und die Fahrbahn, die in der kurzen Zeit natürlich nicht geräumt werden konnte, verwandelte sich in eine gefährliche Rutschbahn. Der Busfahrer kam nicht mehr dazu, den Bus so schnell abzubremsen. Mit immer noch viel zu hohem Tempo fuhr er in den Schnee und der Bus begann beängstigend auf der Fahrbahn zu schlingern. Noch versuchte der Fahrer gegenzulenken. Vielleicht ließ sich das tonnenschwere Gefährt ja irgendwie stabilisieren. Er bremste nicht, weil das den Bus erst recht ins Trudeln bringen würde. Sicherheitshalber hatte er den Fuß vom Gas genommen. Doch all diese Maßnahmen, wie auch die Sicherheitstechnik im Bus reichten nicht mehr aus. Gespenstische Stille breitete sich unter den jungen Fahrgästen aus. Einige schauten sich nur an, andere starrten wie vom Schlag gerührt hinaus auf die verschneite Fahrbahn. Keiner sprach auch nur ein einziges Wort. Auch Ralf und Uwe klebten in ihren Sitzen und hielten sich verkrampft an den Sitzlehnen fest. Das Hin und Herschaukeln des Busses wurde immer heftiger und bedrohlicher. Schon flogen einige Rucksäcke wie Geschosse durch den Bus. Glücklicherweise trafen sie keinen der Fahrgäste. Schließlich durchbrach das Fahrzeug die Mittelleitplanken, schaukelte aber sofort wieder quer über die Fahrbahn auf die andere Seite und raste über die Standspur hinaus. Ein greller Blitz zuckte an den Fenstern vorbei und ließ den Bus erzittern. Alle rechneten bereits mit dem Schlimmsten. Plötzlich wurde die Fahrt merklich langsamer und nach einem heftigen Stoß kam der Bus kurz vor einem Waldstück schließlich zum Stehen. Doch was war das- wo blieb der Fahrer? Der Sitz hinter dem Lenkrad war leer! Stattdessen öffnete sich die vordere Tür und ein Mann in einem roten Weihnachtsmannkostüm stieg zu. Die vollkommen verängstigten Kinder konnten noch immer nicht sprechen. Stumm krallten sich alle an ihren Sitzen fest. „Na, sind alle noch heil geblieben?", rief der Fremde laut. Die Kinder wussten nicht, was sie davon halten sollten. Noch immer saß ihnen der Schreck in den Gliedern. Einigen war schlecht geworden und wollten aussteigen. Doch der Fremde meinte nur mit lustiger Stimme: „Ich sehe, Euch geht's gut. Das ist doch schon mal was. Und aussteigen könnt ihr gleich. Es muss nur noch etwas geregelt werden, dann lasse ich Euch alle raus. Zieht Euch aber warm an, denn draußen ist es kalt. Habt Ihr alle eine Jacke dabei?" Die Kinder wurden langsam etwas ruhiger und fanden auch ihre Sprache wieder. „Ja!", riefen alle wild durcheinander. „Da bin ich ja beruhigt. Draußen gibt's gleich heißen Tee. Und ansonsten wünsche ich Euch und Euren Familien trotz alledem recht Frohe Weihnachten."

Ralf schaute neugierig aus dem Fenster. Aber er konnte nirgends jemanden entdecken. Und erst jetzt bemerkte er, dass auch die Autobahn vollkommen verlassen schien. Kein einziges Fahrzeug war zu sehen. Eben noch rasten doch dutzende Autos vorbei. Wo waren die alle geblieben? Im Schnee stecken geblieben? Aber dann müssten sie doch zu sehen sein. Ralf wusste nicht, was er dazu sagen sollte. Er schaute zu dem seltsamen Weihnachtsmann, der im Gang stand und sich mit den Kindern unterhielt. Dann schaute er zur leergefegten Autobahn hinüber. Auch der Schneesturm hatte aufgehört. Die Sonne schien, als sei nichts geschehen. Und wo blieb eigentlich der Fahrer? Unmöglich konnte der Bus ohne Fahrer unterwegs gewesen sein, oder?

Als der Fremde neben ihm im Gang stand, erkundigte sich Ralf nach dem Fahrer. Der Fremde schaute Ralf plötzlich so merkwürdig traurig an und sagte dann leise: „Glaub mir Ralf, dem geht es gut. Es lohnt sich nicht, dass Du Angst um ihn hast. Wichtig ist nur, dass es Euch allen hier gut geht. Nur das zählt im Moment." Hatte dieser obskure Weihnachtsmann da etwa seinen Namen genannt. Ralf erschien das Verhalten des Fremden immer seltsamer. Er fragte ihn, woher er seinen Namen wüsste. Doch der Fremde lachte nur und meinte dann, dass der Weihnachtsmann alles wüsste, sonst wäre er ja nicht der

Weihnachtsmann. Aus seinen großen Manteltaschen holte er plötzlich unzählige Zimtsterne heraus. Sie waren sehr groß, viel größer als die, die man in den Läden kaufen konnte. Er verteilte die Zimtsterne unter den Kindern, die sich sogleich gierig darüber hermachten. Der Unfall und der fehlende Fahrer schienen beinahe vergessen. Nach ein paar Minuten rief der Fremde, dass nun alle aussteigen müssten. Die Kinder befolgten seine Anweisungen. Draußen sollten sie sich vor den angrenzenden Wald stellen und warten. Hilfe sei schon unterwegs. Und der heiße Tee auch. Dann sagte er noch: „Fürchtet Euch nicht. Alles wird gut. Immer. Wichtig ist nur das Leben, mehr nicht." Bei diesen letzten Worten schlug er ein Kreuz vor den Kindern und verschwand urplötzlich zwischen den Bäumen des Waldes. Kaum war er verschwunden, setzte ein heftiges Schneegestöber ein. Der Sturm kehrte zurück und peitschte die eiskalten Flocken auf die roten Wangen der Kindergesichter. Und auf der nahen Autobahn kroch eine endlose Autokarawane vorbei. Außerdem wurde es dunkler und dunkler. Doch was war das? Ihr Bus, aus welchem sie eben noch ausgestiegen waren, lag zerbeult und vollkommen zerstört auf der Seite. Aus einigen Fenstern schlugen meterhohe Flammen und dicker Rauch. Ängstlich standen die Kinder am Waldrand und konnten nicht glauben, welch schreckliches Bild sich ihnen bot. Ralf zitterte vor Kälte und vor Angst. Er hatte in diesem Moment so unendlich viele Fragen. Wie war es möglich, dass keiner von dem Brand etwas mitbekommen hatte? Und wie war es möglich, dass alle diesen furchtbaren Unfall überlebt hatten? Aus der Ferne vernahmen sie das Geheul von Polizeisirenen. Endlich kam Hilfe. Die Kinder wurden noch vor Ort von Notärzten untersucht. Man hüllte sie in warme Decken und gab ihnen heißen Tee. Es stellte sich heraus, dass sie völlig gesund und unversehrt waren. Nicht einmal ein Knochenbruch wurde festgestellt, nichts. Nur ihre Rucksäcke waren im Feuer verbrannt. Für den Busfahrer allerdings kam jede Hilfe zu spät. Als der Bus gegen die Leitplanke stieß und sich daraufhin überschlug, wurde er aus dem Fahrzeug geschleudert. Ralf berichtete einem Polizeibeamten von den rätselhaften Erlebnissen. Auch von dem seltsamen Weihnachtsmann und den großen Zimtsternen sprach er. Doch der Beamte schaute ihn nur misstrauisch an. Als auch die anderen Kinder von diesem merkwürdigen Erlebnis berichteten, wurden die Beamten sehr nachdenklich. Doch es überwiegte die Freude. Froh und glücklich konnten die Eltern ihre Kinder wieder in ihre Arme schließen. Am Heiligen Abend hatte man alle Kinder und deren Eltern zu einem Gottesdienst in die Kirche eingeladen. Alle waren gekommen. Und als Ralf, der auch Schülersprecher war, am Mikrofon einige Worte des Dankes an die Retter richtete, sah er unter den vielen Menschen, die auf den alten Holzbänken saßen, einen Weihnachtsmann. Der saß neben Ralfs kleiner Schwester und beide knabber-

ten ungestört an riesengroßen Zimtsternen herum. Ralf wiederholte die Worte, welche der Weihnachtsmann aus dem Bus zu ihnen sprach: „Fürchtet Euch nicht. Alles wird gut. Immer. Wichtig ist nur das Leben, mehr nicht."
Als er geendet hatte und wieder in die Menschenmenge schaute, war der Weihnachtsmann verschwunden. Nur ein silberner Nebelschleier zog durch das große Kirchentor hinaus bis in den sternenübersäten Himmel. Und wie von selbst begann die Orgel ein Lied zu spielen: Stille Nacht Heilige Nacht. Und Ralf war es, als ob er in dem silbernen Streif zwei leuchtende weiße Flügel gesehen hätte.

Weihnachtsmarkt

Weihnachten stand vor der Tür und Unmengen von Schnee fielen vom Himmel. Das Schneetreiben kannte einfach kein Ende an diesem Abend. Mit meiner Mutter war ich unterwegs in der großen Stadt Berlin. Erst vor vier Wochen war ich hierhergezogen. Und obwohl ich diese Stadt über alles liebte, kannte ich mich doch noch nicht so recht in ihr aus. Wir zogen von Weihnachtsmarkt zu Weihnachtsmarkt. Der Geruch von gebrannten Mandeln und Bratwurst, ja, das kannte ich noch aus meiner Kinderzeit. Jetzt, nach all diesen Jahren, nach all dieser langen Zeit fühlte ich mich doch wieder wie ein Kind. Die Weihnachtsmusik in den Straßen und die Kälte, die sich wie ein Schleier über die vorweihnachtliche Stadt legte, all das liebte ich so. Und obwohl ich in den vielen Jahren so manchen Schicksalsschlag hinnehmen musste, war es doch in der Weihnachtszeit so, als ob alles Ungemach von mir abfiel. In so vielen Gesichtern konnte ich all diese Freiheit, all diesen segensreichen Frohsinn entdecken. Jeder wollte in diesen Tagen alles Übel, alle Ängste vergessen und einen Hauch von Kindlichkeit und Neugier im Herzen spüren. Und ich war so glücklich, dass ich meine Mutter bei mir hatte, dass ich sie zu diesem Weihnachtsfest bei mir haben durfte. Brav und von allen Sorgen befreit lief ich neben meiner Mutter her. Meine rosigen Wangen leuchteten und meine Augen blitzten erwartungsvoll unter meinem viel zu erwachsenen Base Cup hervor. Als wir uns nach diesem erlebnisreichen Tag schließlich schon müde glaubten, setzten wir uns in die U-Bahn und fuhren nach Pankow, wo ich wohnte. Dort hatte ich eine wunderschöne kleine Wohnung angemietet. Unterwegs musste ich eingeschlafen sein. Erst als mich meine Mutter leicht an der Schulter rüttelte, wachte ich auf. „Du, sind wir hier richtig? Pankow ist schon ´ne Weile hinter uns." Blinzelnd schaute ich mich um. Der Zug schien leer zu sein. Als er hielt, stiegen wir aus. Doch auch die Bahnstation war menschenleer. Nirgends entdeckte ich ein Hinweisschild. Wo waren wir nur? Vielleicht handelte es sich hier um eine neue U-Bahn-Station und Pankow lag nicht weit entfernt. Ständig wurde ja irgendetwas Neues in Berlin fertig gestellt. Als wir auf die Straße kamen, wunderte ich mich noch mehr. Auch hier war keine Menschenseele zu sehen. Gleich neben dem Aufgang befand sich ein kleiner Weihnachtsmarkt. Und obwohl es mehrere Buden gab, konnte ich auch hier keinen einzigen Menschen entdecken. Nur die Weihnachtsmusik und der würzige Pfefferkuchen-Duft luden zum Verweilen ein. Meine Mutter schaute mich ein wenig ratlos an. „Komm, wir schauen uns hier mal um", meinte sie dann. Kurz entschlossen betraten wir diese wunderbare Märchenwelt.

Doch wie eigenartig. Obwohl alle Stände und Buden hell erleuchtet waren, war doch kein einziger Verkäufer zu sehen. An einer Bude, wo es wunderbar nach gebrannten Mandeln roch, blieben wir stehen. Hier lagen riesige Pfefferkuchen und Süßigkeiten in den Auslagen. Riesige Schokoladenweihnachtsmänner lachten uns aus den Regalen an. „Hallo, ist da jemand", rief ich laut. Hinter einer mit Pfeffernüssen gefüllten Kiste tauchte plötzlich der Kopf eines alten Mannes auf. „Sagen Sie, warum sind hier keine Leute? Weiß keiner, dass Sie geöffnet haben", fragte ich den freundlich lächelnden Mann. Der betrachtete mich interessiert und nickte dann vielsagend meiner Mutter zu. Dann sagte er mit ruhiger Stimme: „Kann schon sein. Manche kommen nicht bis hierher. Und manche Leute kennen den Weg nicht. Trotzdem habe ich auf Dich gewartet. Jeder, der bis hierherkommt, ist willkommen." Verdutzt schaute ich den Alten an. Mit solch einer seltsamen Antwort hatte ich nicht gerechnet. Mutter fragte mich, ob ich Pfeffernüsse wollte. Ich nickte genüsslich und meinte, dass wir auch eine Tüte gebrannte Mandeln mitnehmen sollten. „Die kaufst Du aber schön selber", entgegnete sie lakonisch. Der alte Mann wiegte seinen Kopf hin und her. Als ob er bereits geahnt hatte, was wir wollten, reichte er uns die schon gefüllten Tüten. Dann sagte er leise zu mir: „Ja, ja, wie früher, man darf niemals verlernen, Kind zu sein. Nur so bleibt man ewig jung." Dabei lächelte er wieder so geheimnisvoll.

„So, jetzt müsst Ihr aber gehen, ich schließe jetzt. Und weiß immer darum, alles wird gut. Und wenn Du mal nicht weiterweißt, dann denk an diesen Weihnachtsmarkt. Hier werden alle Träume wahr." Der Alte holte etwas aus seiner Hosentasche. „Hier, nimm das. Heb es gut auf. Es soll Dir immer Glück bringen. Egal, wo Du auch bist." Mit diesen Worten verschwand er wieder hinter seinen Kisten. Neugierig öffnete ich in meine Hand. Ein kleiner, matt glänzender Zinnsoldat lag darin. Wieso gab mir der Mann einen Zinnsoldaten? Mutter lächelte und meinte nur: „Siehst Du, Du musst immer stark sein und durchhalten. Kämpfe wie ein Soldat. Dann wirst Du es schaffen. Du darfst nicht immer gleich so schwarzsehen. Es wird im Leben nichts so heiß gegessen, wie es gekocht wird. Glaube dem alten Mann. Alles wird gut."

Wir verließen den kleinen Weihnachtsmarkt und stiegen vorsichtig die glatten Stufen zur U-Bahn-Station hinab. Da stand bereits ein Zug. Doch wie vorhin war nirgends ein Mensch zu sehen. Als wir platzgenommen hatten, setzte sich der Zug langsam in Bewegung. Das gleichmäßige Schaukeln ließ mich schnell einschlafen.

„Aufwachen, wir sind da! Na komm, jetzt wird nicht mehr geschlafen!" Erschrocken fuhr ich hoch. Mutter stand schon an der Tür und ich staunte. Wo kamen nur all die vielen Leute plötzlich her?

„Pankow, alles aussteigen. Dieser Zug endet hier!", tönte eine monotone Stimme vom Bahn-

steig her. Langsam kehrte ich in die Wirklichkeit zurück. „Wo ist der alte Mann, der Weihnachtsmarkt, die Pfeffernüsse", brabbelte ich kopfschüttelnd vor mich hin. Mutter lachte laut: „Na, das hättest Du wohl gern. So viel Süßes gibt's heute nicht mehr." Irritiert und noch immer hundemüde trottete ich aus dem Zug und quetschte mich an all den vielen Leuten vorbei. Der Weihnachtsmarkt, der alte Mann, alles nur geträumt, schade. Dabei schien alles so real. Als wir zu Hause ankamen, war ich wieder hellwach. Ich erzählte meiner Mutter von meinem merkwürdigen Traum. Und während ich mir meine Sachen auszog, rief sie aus der Küche: „Jetzt mach ich uns erst einmal einen heißen Tee und dann reden wir weiter!"
Als ich meine Hose auf einen Bügel hängen wollte, fiel ein harter Gegenstand aus der Hosentasche zu Boden. Neugierig hob ich ihn auf und stutzte. Es war ein kleiner, matt glänzender Zinnsoldat.

Schokoladenweihnachtsmann

Es war kurz nach Weihnachten. Mich hatte eine ziemlich heftige Grippe erwischt und ich lag im Bett. Schon wenn ich aufstand, um etwas zu trinken, fühlte ich mich derart geschwächt, dass ich mich kaum aufrecht halten konnte. Neben meinem Bett hatte ich einen kleinen Nachttisch, worauf ich einige süße Leckereien gelegt hatte. Auf diese Weise erhoffte ich mir, etwas Appetit zu bekommen. Doch es half nichts. Ich fühlte mich schlecht und hatte keinen Appetit. Auch ein großer Schokoladenweihnachtsmann stand auf dem Schränkchen. Immer, wenn die Sonne durch die Jalousien hereinblinzelte, schillerte die Goldfolie, in dem der Weihnachtsmann eingehüllt war, in allen Farben. Lange schaute ich ihn an und eines Abends versuchte ich mein Glück – ich aß ihn einfach auf.

Obwohl er sehr gut schmeckte, fühlte ich mich doch noch schlechter als sonst. Jetzt kam auch noch die Übelkeit hinzu, welche die Schokolade erzeugte.

In der darauffolgenden Nacht bemerkte ich ein seltsames Geräusch. Es rasselte und klapperte und dann hörte es sich an, als ob jemand durch meine Wohnung schlich. Mir war noch immer furchtbar übel von der Schokolade und ich fühlte mich alles andere als stark. Dennoch stand ich auf und schlich durch die Zimmer. Und tatsächlich: erschrocken entdeckte ich, dass die Wohnungstür aufgehebelt war! Der Einbrecher hatte sie angelehnt, wohl, damit ich es nicht sofort bemerkte. Am Ende des langen Korridors war das klappernde Geräusch am lautesten. Dort vermutete ich den Einbrecher. Leise schlich ich dorthin. Eigentlich konnte ich mich kaum noch auf den Beinen halten. Im Hals krabbelte es und ich fühlte mich fiebrig und schwach. Der Gauner wühlte in einer Kommode herum, erhoffte sich dort vermutlich Geld oder Wertgegenstände.

Es war ein großer stattlicher Mann, der mir kräftemäßig ganz sicher haushoch überlegen sein musste.

Was dann geschah, erscheint mir noch heute wie ein furchtbarer Alptraum. Ich riss die Tür auf und stellte mich dem Einbrecher in den Weg. Der wollte sich auf mich stürzen und zog ein Messer aus der Jackentasche. In diesem Augenblick fühlte ich etwas Hartes in meiner Hand. Es sah aus wie eine goldene Kugel. Ich holte aus und schlug damit auf den Einbrecher ein. Der verlor das Gleichgewicht und fiel um. Schnell lief ich zum Telefon und rief die Polizei. Da sich gerade ein Streifenwagen in der Nähe meines Hauses befand, kamen sie sehr schnell. Sie nahmen den Einbrecher fest und einer der Beamten sagte dann mit besorgtem Gesicht: „Da haben Sie aber großes Glück gehabt. Der Mann ist heute Morgen aus der Justizvollzugsanstalt ausgebrochen. Er ist ein mehrfach vorbestrafter Serientäter. Früher war er wohl mal Boxer und niemand konnte ihn bisher festhalten. Im letzten Jahr hatte er sogar einen Juwelier erschlagen."

Ich konnte mein Glück kaum fassen. Ich erinnerte mich, dass ich wohl etwas in der Hand gehalten haben musste, als ich zuschlug. Ich suchte das gesamte Zimmer ab. Und unter einem Schrank entdeckte ich schließlich eine große goldfarbene Kugel. Verblüfft hob ich sie auf und betrachtete sie neugierig. Sie musste aus Metall bestehen, so schwer, wie sie war. Auf dem goldfarbenen Überzug war eine Schrift eingemeißelt:
A MARRY CHRISTMAS, PITT.
Ich konnte mich nicht daran erinnern, so etwas je besessen zu haben. Sollte der Einbrecher vielleicht…? Unmöglich! Als ich zu meinem Bett zurückkehrte, wollte ich das Goldpapier meines Schokoladenweihnachtsmannes wegräumen. Ich nahm die Folie und stutzte! In der Hand des Weihnachtsmannes lag eine große goldene Kugel. Doch das war nicht das Verrückteste an der Sache. Vielmehr war es die Aufschrift, die auf der Kugel glänzte:

A MERRY CHRISTMAS, PITT

Der Engel im Schnee

Jack war ein erfolgloser Autor. Sein erstes Buch, welches er erst vor wenigen Monaten fertig gestellt hatte, war zwar in den Buchläden, doch es wollte niemand kaufen. Bestürzt und vollkommen niedergeschlagen zog sich Jack zurück. Er verschloss seine Tür und zog den Telefonstecker aus der Dose. Ab sofort wollte er mit keinem Menschen mehr Kontakt. Nur die nötigsten Dinge und Wege erledigte er noch. Ansonsten bekam ihn keiner mehr zu Gesicht. Mehr und mehr zog die Traurigkeit in sein Leben und er ahnte bereits, dass ihn Gott wohl endgültig verlassen hatte. Er ging nun auch in keine Kirche mehr, weil er von einem Gott, der harte Arbeit und festen Willen nicht anerkannte, nichts mehr wissen wollte. Briefe schickte er an die Absender zurück und nachts träumte er nicht mehr vom großen Erfolg, sondern davon, wie er sich am besten und am wirkungsvollsten aus dem Wege räumen konnte. An einem eiskalten Dezemberabend ging er schon sehr zeitig in sein Bettchen, konnte jedoch einfach nicht einschlafen. Zu viele Gedanken gingen ihm durch den Kopf und er wusste weder ein noch aus. Der kalte Wind fegte durchs Fenster und blies dabei die Schneeflocken bis vor sein Bett. Nervös stand er wieder auf und schloss das Fenster. Dabei schaute er hinaus und plötzlich packte ihn solch eine sonderbare Sehnsucht. Es war ein Gefühl, dass er bis dahin nicht gekannte hatte. Es kam aus seinem Herzen und es schien, als ob auch sein Herz vereist sei. Er wollte nur noch sterben und nichts mehr sehen und fühlen. Tränen liefen ihm übers Gesicht. Sollte tatsächlich nun alles zu Ende sein? Hing wirklich alles nur an diesem bisschen Misserfolg? Oder waren es vielleicht nicht doch all die vielen Ereignisse, die es bereits lange vor der Veröffentlichung dieses neuen Buches gab? Nie hatte er den rechten Weg für sein Leben finden können. Die wenigen Freunde, die er einst hatte und die er dann doch wieder verlor, verstanden ihn nie. Und auch sonst verlief alles genau so, wie er es niemals wollte. Sein ganzes Leben war doch nur ein riesengroßes Trauerspiel in dutzenden vergeblichen Akten. Da waren so viele wunderschöne Träume und so viele Hoffnungen, die allesamt zerplatzten wie Seifenblasen im Wind. Doch was sollte er sonst auch tun? Sich als Kellner in einer üblen Kneipe verdingen oder sich vielleicht als Taxifahrer von anderen anpöbeln lassen? Sicher konnte er auch das – er schreckte ja vor keiner Arbeit zurück. Aber er wusste es tief in seinem Inneren, dass er all das nicht wollte. Er wollte endlich einmal ankommen, endlich einmal seine Träume leben. Dabei konnte er ja nur eines: Schreiben! Langsamen Schrittes trottete er durch seine winzige Wohnung. Noch ein letztes Mal schaute er sich um. Er sah die schönen Dinge, die er sich einst zugelegt hatte, nur, um ein wenig zufriedener zu sein. Doch nichts hatte ihm letztlich seine Träume retten können. Alles war verloren. Er zog sich seine Jacke über und schloss den Kragen bis zum Hals. Dann lief er hinaus auf die Straße. Mittlerweile hatte sich der leichte Schneefall in einen heftigen Sturm verwandelt. Aber das störte Jack nicht. Entschlossen kämpfte er sich gegen den Schneesturm durch die einsamen Straßen, bis er zu einem Waldstück kam. Am Waldrand entdeckte er ein Liebespaar, welches sich miteinander vergnügte. Leise seufzend lief er weiter und dachte so für sich, wie es hätte werden können, wenn alles besser gelaufen wäre. Aber nun? Nun war alles vorbei. Immer tiefer gelangte er in den Wald und stand alsbald vor einem Bahndamm, der sich zwischen den Bäumen entlang schlängelte. Hier also sollte nun sein letztes Stündlein schlagen, dachte er sich. Hier würde alles zu Ende gehen. Sein ganzes sinnloses Leben, seine Verzweiflung und seine Trauer, aber auch seine Hoffnungen sollten also auf diesen beiden kalten Stahlsträngen ein jähes Ende finden! Machte das wirklich noch Sinn? Gab es überhaupt irgendwo einen Sinn? Warum musste ausgerechnet er solch ein Versager sein? Warum? Er starrte in den Himmel und konnte wegen des heftigen Schneesturmes nichts sehen. Er wusste ja nicht einmal, ob ein Zug fuhr oder nicht. Es war die Stunde null in seinem Leben. Von fern vernahm er das Klappern von Waggons. Das musste der Zug sein. In wenigen Minuten würde er an dieser

Stelle vorüberfahren. Bis dahin musste er sich entscheiden. Und er stieg auf den Bahndamm und legte sich quer über das Gleis. Seinen Hals presste er auf eine der Schienen und er spürte die eisige Kälte des Stahls. So viele Züge waren wohl schon über diese Schienen gerattert und wer weiß wie viele Leute haben hier vielleicht schon gelegen. Und nun war eben er an der Reihe. Ein Verlierer gab auf. Und es war ganz seltsam – in dieser Minute seines nahenden Todes konnte er nicht einmal mehr weinen. Er musste laut lachen und fand diese ganze Situation überhaupt nicht mehr so tragisch. Er sah sich von oben und er sah, wie sich der Zug langsam näherte. Gleich würde er sterben müssen. Musste er es wirklich? Das Klappern der Waggons kam immer näher und es war nur noch eine Frage von Minuten, bis die Lok des Zuges vor seinem kraftlosen Leib auftauchen würde. Er malte sich aus, wie es wohl wäre, wenn die scharfen Stahlräder der Lok über seinen wehrlosen Leib fuhren. Und eigentlich konnte er diesen entsetzlichen Gedanken nicht ertragen, doch er musste es wohl, denn er wollte ja sterben. Der Sturm war zu einem Blizzard geworden und schon so stark geworden, dass er kleinere Baumstämme und dutzende Äste durcheinanderwirbelte. Und das Klappern der Zug Räder war dennoch deutlich zu hören. Wie war das eigentlich möglich, dieses Zuggeräusch trotz des Blizzards so deutlich zu hören? Sonderbar, aber das konnte doch eigentlich gar nicht sein. Jack lag zwischen Leben und Tod und sah, wie der Schneesturm über ihn hinwegfegte. Ab und zu traf ihn ein Ast. Doch er hielt es aus und er hielt es durch. Plötzlich sah er jemanden auf sich zukommen. Irgendjemand lief über die Gleise und blieb vor ihm stehen. Der Fremde musste wohl ein Gleisgänger sein, der wegen des starken Sturmes die Gleisanlagen kontrollierte. Jack starrte den Fremden an und fand seine eigene missliche Lage mehr als albern. Eigentlich wollte er doch alles heimlich und ungesehen abwickeln. Das nun doch jemand kam, war ihm gar nicht recht. Und er setzte sich auf. Der Fremde war mit einer Bahnuniform bekleidet und erst jetzt bemerkte Jack, dass der Schneesturm ein wenig nachgelassen hatte. Der Fremde schaute schweigend zu Jack und reichte ihm seine Hand. Jack konnte gar nicht anders. Er griff danach und zog sich daran hoch. Als er schließlich aufrecht stand, musterte ihn der Fremde und sagte dann: „Warum willst Du das tun?" Jack konnte gar nicht fassen, dass ihn jemand nach seinem furchtbaren Vorhaben befragte. Nie hatte sich jemand für ihn interessiert und nie wusste jemand, wie es ihm wirklich ging, was in seiner Seele vor sich ging. Er hatte plötzlich den starken Drang, dem Fremden alles zu erzählen. „Ich hab es satt", rief er laut, „mein ganzes Leben ist doch ein einziger Misthaufen, der drei Meilen gegen den Wind stinkt. Nichts gelingt mir und nichts funktioniert. Alles, was ich auch anfange, wird zu Dreck. Sogar mein neues Buch, was mich so viel Kraft und Liebe gekostet hat, ist ein Flop! Keiner will es kaufen!" Der Fremde stieg um Jack herum und stöhnte mehrmals leise vor sich hin. Dann sagte er: „Ach Junge. Du bist vielleicht ein Fantast. Warum nur glaubst Du, dass Dir nichts gelingt? Schau nur, Du lebst und bist sogar auf Deinen eigenen funktionierenden Beinen und mit wachem Verstand bis hierhergekommen. Das ist Dir doch gelungen. Du kannst jeden Morgen den neuen Tag begrüßen. Und Du kannst tun und lassen, was Du willst. Und Du hast es sogar geschafft, einen Verlag von Deinem Können zu überzeugen. Er hat Dein Manuskript gedruckt. Warum also denkst Du, dass Dir nichts gelingt?" Jack druckste herum. Er wusste plötzlich nicht, was er antworten sollte. Der Fremde hatte ja recht. Ging es ihm wirklich so schlecht, dass er sich auf dieses Gleis legen sollte? Warum tat er das überhaupt? Der Fremde schaute ihm mitten ins Gesicht und sagte dann: „Wir denken oft, dass wir nicht gebraucht werden. Und dann werden wir ungerecht und schimpfen auf Gott und die Welt. Dabei sind wir doch am Leben und können den Tag und auch die Sonne sehen. Warum denn immer nur Beachtung und warum immer nur Erfolg und immer noch mehr Geld und Geltung? Warum? Sag es mir Jack, warum? Du bist nicht unglücklich, sei ehrlich. Du bist nur traurig, weil Du noch keine großen Geldsummen für Dein Buch erhalten hast. Aber ist denn Geld die einzige Wertschätzung für Deine Arbeit? Ist da nicht noch viel mehr? Bist Du es nicht selbst, der sich hart durchgekämpft hat durch sein Leben? Du hast doch so viel erreicht. Und nun liegst Du auf diesem eiskalten Gleis und holst Dir am Ende noch eine Lungenentzündung. Geht man so leichtfertig mit seiner Gesundheit um? Was denkst Du?"

Jack schaute weg, er schämte sich, denn der Fremde sprach genau das aus, was er doch längst selbst wusste. Er musste doch wahrlich nichts tun, um endlich anerkannt zu werden. Wozu? Er hatte doch etwas geschafft, er hatte sein erstes Buch in die Läden und unter die Menschen gebracht. War das nicht ein riesengroßer Schritt? Er nickte verlegen und hatte Tränen in den Augen. Der Fremde nahm Jack an die Hand und führte ihn langsam aber entschlossen vom Bahndamm in den Wald. Und Jack ließ es geschehen. Ja, er stand plötzlich gar nicht mehr auf den Gleisen und wartete auf seinen Tod. Er stand mit einem Fremden, den er nicht kannte und der ihm doch irgendwie vertraut schien in einem verschneiten Wald und fror nicht einmal. Nein, es war ihm angenehm warm und es tobte auch kein Blizzard mehr. Was geschah da nur mit ihm? Der Fremde lächelte und sagte dann: „Siehst Du. Das Gleis ist nicht Dein wirklicher Wunsch. Du willst leben und Du hast so viel Hoffnung in Dir. Zerstöre sie nicht und sei nicht mehr traurig. Und fürchte Dich nicht, denn es ist immer jemand da, der auf Dich achtgibt. Es ist immer jemand bei Dir, glaube mir." Jack hatte noch gar nicht so viel von sich erzählt, doch es schien ihm, als hätte er dem Fremden sein ganzes Leben geschildert. Ihm war, als wüsste der Fremde alles von ihm. Aber es störte ihn nicht. Im Gegenteil, er fühlte sich so leicht und so wunderbar wach wie schon seit Jahren nicht mehr. Es war, als hätte ihm der Fremde die Seele gereinigt. Und er wollte sich bei dem Fremden bedanken. Doch der legte nur seinen Zeigefinger auf Jacks Mund und flüsterte: „Sag nichts. Komm, wir gehen jetzt nach Hause." Und er nahm Jack wieder an die Hand und führte ihn durch den tiefen Schnee aus dem Wald. Sie liefen, bis sie zu einer kleinen Kapelle kamen. Sie stand einsam am Waldesrand und Jack konnte sich nicht erinnern, dieses Gebäude schon einmal bemerkt zu haben. Die beiden gingen hinein und Jack blieb vor Staunen der Mund offenstehen. Tausende von Kerzen leuchteten da am Altar und der Fremde lief bis dorthin und kniete schließlich nieder. Er bat Jack, zu ihm zu kommen und ebenfalls niederzuknien. Und Jack wollte es auch, er spürte diese unglaubliche Wärme in seinem Herzen und er war zu Tränen gerührt. Er kniete neben dem Fremden und die beiden sprachen ein Gebet. Da wusste es Jack plötzlich, dass er sein Leben niemals wegwerfen durfte. Er war doch einmalig auf dieser weiten Welt und er musste weiterschreiben. Ja, das war seine Bestimmung. Und als er seine Augen schloss, sah er sein Leben vor sich ablaufen. Doch es war nicht das Leben, welches ihm ständig in seinen Alpträumen begegnete. Nein, es war ein wundervolles glaubensreiches Leben, in welchem er plötzlich als Mensch geachtet und gebraucht wurde. Man hörte auf sein Wort und seine Kinderbücher wurden Bestseller. Er schrieb sich die Seele aus dem Leibe und wurde sehr berühmt. Aber das wollte er gar nicht mehr, denn es reichte ihm schon, den Menschen etwas gegeben zu haben. Was für ein großmütiges Gefühl, den Menschen etwas von sich zu geben. Es war ein wahres faszinierendes Wunder. Und als er seine Augen wieder aufschlug, war der Fremde nicht mehr da. Jack schaute sich um, doch der Fremde war nirgends mehr zu sehen. Nur die Kerzen brannten noch und verbreiteten diesen wundersamen Schein in der kleinen Kapelle. Jack erhob sich und verließ die Kapelle. Als er endlich wieder daheim war, setzte er sich auf sein Sofa und dachte nach. Diese unfassbaren Erlebnisse der letzten Stunden gingen ihm einfach nicht mehr aus dem Sinn. Wer war der Fremde nur, der ihm in der Not das Leben gerettet hatte? Aber war es nicht vollkommen egal, wer dieser Fremde war? Es war doch nur wichtig, am Leben zu sein und Gott wieder lieben zu können. Und er setzte sich an seinen Laptop und begann, ein Kinderbuch zu schreiben. Plötzlich spürte er es wieder in sich: es war die Liebe zu seinen Geschichten. Diese Liebe war zurückgekommen. Er war wieder ganz der Alte. Und wie früher flossen ihm die Worte nur so aufs Papier. Ja, und schon bald war sein erstes Kinderbuch fertig. Es wurde ein Riesenerfolg und es hieß:

„Der Engel im Schnee"

Ninas Engel

Was für ein furchtbares Jahr. Erst schlug sie ihr Freund krankenhausreif, dann floh sie mit ihrer zehnjährigen Tochter ins Frauenhaus. Schließlich der Nervenzusammenbruch, und nun? Der Chef hatte sie zu sich gerufen. Mit fahlem Gesicht meinte er lediglich, dass die Firma bankrott sei. Kein Geld mehr, auch nicht, um sie zu bezahlen. Und wer bezahlte nun die Miete, die Kredite, die Schulden? Nina hatte mit ihren fünfunddreißig Jahren schon eine Menge Mist erlebt. Die winzige Wohnung im zehnten Stock dieses grauen seelenlosen Betonsilos mitten in Berlin-Marzahn, es war die Hölle! Irgendwann begann sie zu trinken. Drogen nahm sie nie. Und doch. Oft, wenn es dunkel war, lief sie die zwei Treppen hinaus aufs Dach. Dann schaute sie hinunter in den gähnenden schwarzen Abgrund und wusste nicht, ob sie springen sollte oder nicht. Wer wartete schon auf sie? Sandra, ihre Tochter hatte man ihr schon vor zwei Jahren weggenommen. Also wofür lohnte es sich noch zu leben? So dicht stand sie am Abgrund und starrte in die Tiefe. Nur noch ein winziger Schritt, doch sie tat es nicht. Mit Tränen in den Augen schaute sie auf. Vor ihr breitete sich die riesige Stadt Berlin aus. Von hier oben sah alles so wunderschön und friedlich aus. So als ob es überhaupt keine Not und auch keine Sorgen gäbe. Der kühle Nachtwind spielte mit ihren langen blonden Haaren. Irgendjemand aus dem Haus hatte ihr mal angeboten, in einem Nachtclub als Tänzerin zu arbeiten. Vielleicht auch als Hostess in einem Bordell. Sollte sie das wirklich tun? Sich am Ende mit irgendwelchen fetten, feisten Kerlen im letzten Drogenrausch selbst verlieren? Für fünfzig Euro die Stunde? Weinend brach sie zusammen. Sie legte sich auf das Dach und starrte in den sternenklaren Himmel hinauf. Warum hatte sie kein Glück? Wer bestimmt das überhaupt? Immer waren es die anderen, die von tollen Urlauben und Familien mit vielen lachenden Kindern, die alles hatten, erzählten. Ein Haus im Grünen – wie lebt sich's denn dort überhaupt? So gern wollte sie es in diesem Moment erleben. Vielleicht für immer erleben? Nur einmal glücklich sein! Aber hier? Jenseits von Glücksseligkeit! Jenseits aller Träume! Eingepfercht in vierzig Quadratmetern Einsamkeit! Sie hörte, wie ihr Herz schlug – ja, es schlug noch immer. Sie war doch noch nicht tot. Sie lebte noch. Als sie so nachdenklich in den Sternenhimmel sah, bemerkte sie gar nicht, wie irgendetwas neben ihr erschien. Es war ein Engel mit weißen leuchtenden Flügeln. Lange stand er auf dem Dach neben ihr und schaute zusammen mit ihr in die Unendlichkeit. Mit leiser Stimme begann er zu sprechen: „Es wird kalt hier oben. Willst Du nicht ins Haus gehen?" Nina erschrak nicht, als sie die fremde Stimme vernahm. Im

Gegenteil, die warme sanfte Stimme erschien ihr beinahe wie ein Ruf aus einer anderen Welt. Ein Singen fast. So als sei sie irgendwo anders, nur nicht auf einem kalten Hochhausdach. Sie schaute den Engel an und lächelte. „Wie schön Du bist", flüsterte sie weinend, „ich habe immer gewusst, dass es Engel gibt." Der kleine Engel strich ihr behutsam übers Haar und sagte dann: „Ach weine doch nicht. Auch wir Engel sind allein, manchmal. Nämlich dann, wenn wir zu Euch Menschen gehen, um für Euch da zu sein. Denn wir können nur in Eure Träume fliegen, wenn ihr allein seid. Fürchte Dich nicht. Ich bin immer bei Dir. Selbst, wenn Du hier oben stehst und an so furchtbare Dinge denkst wie eben noch. Du musst immer wissen, dass Dich jemand liebt. Denn Du bist einzigartig. Und Du bist stark. Unglaublich stark."

Nina glaubte, sie schwebte über ihrem Haus. So leicht fühlte sie sich plötzlich in jenem wundervollen Augenblick. So federleicht hatte sie sich nie zuvor gefühlt. Und auch noch nie so sicher. In Gegenwart dieses liebevollen Engels glaubte sie, nichts könnte ihr mehr geschehen. In ihrem Herzen spürte sie wieder neue Kraft und in den Armen und Beinen, selbst im Kopf schien neuer Lebenssaft zu pulsieren. Und noch etwas entdeckte sie tief in sich drin. Etwas, das sie schon glaubte, für immer verloren zu haben: die Liebe. Was für ein Wunder. Ja, es war ein Wunder. Es war Ninas Wunder. Nur für sie ganz allein. Hier über den Dächern dieser großen Stadt. Selbst ein

Flugzeug schien in diesem magischen Moment nicht höher fliegen zu können. Nicht einmal die Sterne schienen ihr zu weit. Es war alles so nah, so erreichbar nah. Plötzlich wusste sie, dass sie alles erreichen konnte. Mit dieser neuen Kraft würde es ihr gelingen. Sie wollte dem Engel von diesen Gefühlen erzählen, wollte ihm sagen, wie gut sie sich plötzlich fühlte. Doch als sie aufschaute, war der Engel verschwunden. Nur der nicht endende Nachtwind verfing sich in ihren Haaren. Langsam stand sie auf und stellte sich noch einmal an den Rand des Daches. Noch immer war es furchterregend, diese Schwärze, dieser Abgrund vor ihr. Doch sie stand, fest und sicher, wenngleich auf diesem Hochhausdach. Und ihr wurde plötzlich klar, dass es völlig egal war, wo sie stand. Immer wird es schwierig sein. Auch anderswo. Ist die ganze Welt nicht wie dieses Hochhausdach? Hat man nicht überall die Wahl zu springen oder eben doch nicht? Ja, man hat die Wahl! Man hat immer eine Wahl. Die Wahl zwischen Leben und Tod! Die Wahl zwischen Aufstieg und Verdammnis! Die Wahl zwischen Menschsein und Verlorenheit!

Sie schlug den Kragen ihrer Jeansjacke hoch und ging zum Treppenhaus zurück. Als sie in ihre Wohnung kam, fühlte sie sich todmüde, aber nicht mehr lebensmüde und schwach. Sie schaute sich schweigend um und lächelte. Ja, sie lächelte und wusste plötzlich, dass sie nicht allein war. Niemand ist wirklich allein. Engel gibt es überall. Auch in der engsten Hütte. Und in ihrem Herzen. Dort gab es jetzt keine Einsamkeit mehr. Nie gab es dort Einsamkeit. Ihr Engel war immer bei ihr- jetzt wusste sie es. Sie legte sich ins Bett und schlief schnell ein. Am nächsten Tag suchte sie sich einen neuen Job. Zunächst arbeitete sie als Zeitungsbotin. Und sie verdiente nicht das große Geld. Aber sie fühlte sich gut, reich an Ideen und an Mut. Mut zum Weitermachen. Sie besiegte den Alkohol, trank nicht mehr, rauchte nicht mehr, nie mehr! Es war die Zuversicht, die in ihr lebte. Die Hoffnung. Mit dieser Hoffnung fand sie schließlich einen netten jungen Mann, der sie über alles liebte und mit dem sie sehr glücklich wurde. Die beiden bekamen einen Sohn. Sandra, ihr erstes Kind, wurde ihr wieder zugesprochen. Sie zogen in ein kleines Häuschen am Rande von Berlin. Und manchmal saßen sie bis nachts noch im Garten und spürten, wie der laue Sommerwind an ihnen vorüber strich. Eines Tages hatte Nina eine fantastische Idee! Zusammen mit ihrem Mann gründete sie einen Verein für notleidende Mütter. Er nannte sich:

Ninas Engel

Der Engel der Freiheit

Peter lebte allein irgendwo in Texas auf dem Lande. Und er hatte sich längst mit seinem Schicksal abgefunden, denn er fand einfach keine Arbeit mehr. Immer wieder bekam er zu hören, dass er zu alt sei oder dass man sich doch für einen anderen Bewerber entschieden habe. So ging ihm irgendwann das Geld aus und er musste sich mit Gelegenheitsjobs mühsam über Wasser halten. Seine Eltern lebten nicht mehr und er musste sehen, wie er sein Leben meisterte. Nicht immer kam jemand aus der Nachbarschaft und erbarmte sich seiner. Doch zur Kirche wollte er dennoch jeden Sonntag. Meryl, eine sehr nette junge Frau holte ihn jedes Mal von daheim ab und gemeinsam fuhren sie dann in die Kirche. Mit der Zeit hatte er sich an Meryl gewöhnt und sie lernten sich näher kennen. Es blieb ja auch nicht aus, denn der Gottesdienst in der Kirche brachte sie zusammen. Außerdem war sie die einzige Person, die keine Schwierigkeiten mit Peters ewiger Arbeitslosigkeit hatte. Es kam die Zeit, da konnten sie nicht mehr voneinander lassen. Meryl wollte ihren kleinen Landwirtschaftsbetrieb aufgeben, um für immer mit Peter zusammen zu ziehen. Doch dazu sollte es nicht kommen. Schon im Radio vernahm Peter die furchterregende Nachricht, dass aus einem ganz in der Nähe befindlichen Strafgefängnis ein bereits verurteilter Mörder ausgebrochen sei. Er war auf der Flucht und überall wurde er von der Polizei gesucht. Und es kam noch schlimmer! Ausgerechnet dieser Mann stand eines Nachts vor Peters kleinem Häuschen. Als er dummerweise von einem jungen Mann auf der Straße erkannt wurde, verfolgte der Mörder diesen Mann und holte ihn schnell ein. Als der gerade die Polizei anrufen wollte, erschlug ihn der Täter. Die Leiche zerrte er in Peters Hauseingang und legte sie dort ab. Dann rief er bei der Polizei an und teilte den Beamten mit verstellter Stimme mit, dass er den gesuchten Täter gesehen habe. Er teilte den Beamten Peters Adresse mit und verschwand. Peter konnte von alldem nichts ahnen. Er lag in seinem Bett und konnte nicht sehen, welches Übel sich seinem Hause näherte. Die schnell eintreffenden Beamten fanden schließlich die Leiche vor und nahmen Peter fest. Und das Allerschlimmste war, dass Peter dem wahren Täter wie aus dem Gesicht geschnitten ähnlichsah. Er konnte sich überhaupt nicht gegen das Anschuldigen zur Wehr setzen, denn der echte Täter hatte vorgesorgt. Nachdem er die Leiche in Peters Haus verbracht hatte, blieb ihm noch genügend Zeit, um sich Peters Ausweispapieren zu bemächtigen und stattdessen gefälschte Dokumente dort zu hinterlassen. Für Peter gab es kein Entrinnen mehr. Und als Meryl am Tag darauf zu Peter kam, fand sie ihn dort nicht mehr vor. Sie nahm an, dass er verreist war, ohne ihr etwas zu sagen und fuhr enttäuscht wieder zu sich nach Hause. Peter wurde in Untersuchungshaft genommen und es war der absolute Alptraum für ihn. Von einem mehr oder weniger erträglichen Leben war er in der sprichwörtlichen Hölle gelandet. Er konnte nichts mehr essen und es ging ihm von Tag zu Tag schlechter. Irgendwann kam es zu einer Verhandlung und er wurde für „Schuldig" gesprochen. Sein Ende war besiegelt und er landete als verurteilter Mörder in einer Todeszelle. Wie in Trance ertrug er dieses fürchterliche Schicksal. Seine Gedanken aber kreisten bereits um Friedhöfe, den Teufel und das Verderben. Und dabei dachte er immer wieder an Meryl. Wie würde es ihr wohl ergangen sein? Sicher würde sie glauben, dass er nichts mehr von ihr wissen wollte. Von Tag zu Tag wurde er depressiver und weil er bereits von Selbstmord faselte, entschloss man sich schließlich, ihn vorerst in einem psychiatrischen Krankenhaus unterzubringen. Doch auch dort war es die Hölle auf Erden für ihn. Er fand sich unter wahnsinnigen Straftätern und dem stupiden Einerlei des Alltags in einer solchen Klinik wieder. Dort schienen die restlichen Hoffnungen vollends zu sterben. Die starken Medikamente ließen ihn durch die Tage gleiten und er gab sich langsam auf. Eines Nachts jedoch hatte er einen seltsamen Traum. Er sah sich in seinem Krankenzimmer liegen. Vor den Fenstern spannte sich der dicke Stacheldraht und grässlich entstellte Monster liefen mit langen Messern bewaffnet auf den Gängen umher. Plötzlich entstieg aus dem Himmel ein goldener Engel herab. Er flog geradewegs durch die Gitterstäbe und den todbringenden Stacheldrahtzaun hindurch, geradewegs in Peters Krankenzimmer. Dort löste er die Fesseln und ergriff Peter. Dann verschwand er mit ihm zusammen aus diesem entsetzlichen Moloch hinauf in den sternenklaren Himmel. Und Peter fühlte sich bei diesem Traum so unendlich frei. Es war ganz merkwürdig, aber alles erschien ihm so real. Es war, als erlebte er das alles in Wirklichkeit. Doch als er seine Augen aufschlug, fand er sich in seinem furchtbaren Kerker wieder. Dennoch fasste er plötzlich den Entschluss, sich nicht noch länger unterkriegen zu lassen. Er wollte unter gar keinen Umständen aufgeben und seine vorangegangene Depression wich einer unerklärlichen Stärke. Jeden Abend kniete er nieder und betete vor dem vergitterten Fenster. Ihm war vollkommen egal, was Aufseher dazu meinten. Ihm war wichtig, den Glauben an das Gute nicht zu verlieren. Er konnte sich nicht erklären, woher diese Kraft kam, doch es fühlte sich gut an. Zum ersten Mal nach diesen entsetzlichen Erlebnissen hatte er wieder die nötige Kraft und die Hoffnung all das durchzustehen. Schon bald wurde er als „Geheilt" ins Gefängnis zurückverlegt. Und dort tat er einfach das, was er all die vielen Tage zuvor schon getan hatte, er betete und hoffte.

Eines Nachts, als er sich zum Schlafen auf seine Pritsche legte, schaute er noch lange aus dem vergitterten Fenster nach draußen. Er sah den sternenklaren Himmel und bemerkte plötzlich, wie eine hell leuchtende Sternschnuppe über das Himmelszelt zog. Doch sie verlosch nicht, nein, sie wurde heller und heller. Und schließlich kam sie auch näher. Peter stand auf und beobachtete die vermeintliche Sternschnuppe von seinem Fenster aus. Wie ein Raumschiff aus einer anderen Galaxie sank die Sternschnuppe zur Erde herab. Und Peter konnte es kaum glauben, der Himmelskörper kam bis vor sein Fenster geflogen und schwebte dort minutenlang auf und ab. Peter war geblendet von der Helligkeit, doch er wunderte sich, dass niemand sonst Notiz von dieser Erscheinung nahm. Wie konnte das nur sein? Es war doch beinahe so hell wie am Tag. Warum bemerkte das keiner? Doch er konnte sich nicht mehr weiter wundern, denn plötzlich zischte es und wie ein Laser durchschnitt ein scharfer Lichtstrahl die Gitterstäbe seiner Zelle. Im Nu war das Gitter verschwunden und die Sternschnuppe verwandelte sich vor Peters Augen in einen Engel. Der lächelte ihn an und gab ihm Zeichen, sich an seinen Flügeln festzuhalten. Peter tat dies und war sofort von grellem, aber angenehmem Licht umgeben. Doch es war ganz seltsam, dieses Licht war so unglaublich behaglich, dass er die Flügel nie wieder loslassen wollte. In diesem Rausch bemerkte er gar nicht, wie sich der Engel blitzartig in die Lüfte erhob und durchs Universum flog. Peter sah nur dieses helle märchenhafte Licht um sich herum und glaubte sich bereits im Zauberland. Wie war das nur möglich? War das wirklich ein Engel oder nur die Aliens, die ihn entführen wollten? Aber er spürte so viel Liebe und Zuneigung beim Anblick des wohltuenden Lichts, dass er diesen Gedanken schnell wieder vergaß. So etwas Unfassbares konnte nur ein Engel vollbringen. Und die beiden glitten durch Raum und durch Zeit und Peter vergaß alles, was ihn einst so belastete. Er vergaß den Kerker und die vielen Niederlagen und schlimmen Erlebnisse der letzten Tage. Er sah nur diesen zauberhaften Engel und plötzlich tauchte das Bildnis einer wunderschönen Frau vor ihm auf. Es war Meryl, die ihn da anlächelte. Wo kam sie nur her? War sie ebenfalls mit diesem Engel geflogen? Doch so schnell wie ihr makelloses Gesicht erschienen war, verschwand es auch schon und das Licht um ihn herum verschwand. Er bemerkte, dass er die ganze Zeit seine Augen geschlossen hatte. Wie konnte er da nur all das sehen? Die beiden waren in einem dichten Wald gelandet. Und der Engel schaute Peter mit seinen großen Augen an, und er lächelte wieder so vertrauensvoll. Peter hatte Tränen in den Augen und konnte nicht glauben, was da mit ihm geschehen war. Er war frei und hatte gar nichts dafür tun müssen. Aber er wusste auch, dass er unschuldig in Haft gesessen hatte. Nur, was würde wohl geschehen, wenn man bemerkte, dass er geflohen sei? Da sprach der Engel plötzlich zu Ihm: „Bleibe drei Tage und drei Nächte in der Hütte dort vorn unter den Bäumen. Dann komme ich und hole Dich ab. Und Du wirst frei sein." Peter nickte nur ungläubig und der Engel erhob sich und flog davon. Etwas weiter vor sich entdeckte er tatsächlich diese Hütte.

Es war ein winziges Holzhäuschen, das halb verfallen zwischen dichtem Buschwerk und hohen Bäumen stand. Peter ging darauf zu und öffnete die knarrende Tür. Darin befanden sich nur ein Bett und ein Tisch. Weder fand er etwas zu essen noch zu trinken. Wie sollte er ohne all diese lebensnotwendigen Dinge überleben? Er legte sich erst einmal aufs Bett. Dort jedoch schlief er schließlich hundemüde und erschöpft ein. In seinen Träumen konnte er nicht sehen, dass er drei Tage und drei Nächte durchschlief. Und als ihn jemand auf die Wange küsste, glaubte er, der Engel sei zurückgekommen. Verzückt öffnete er seine Augen und blickte in das lächelnde Gesicht von seiner geliebten Freundin Meryl. Sie stand vor ihm und wunderte sich, dass er so lange geschlafen hatte. Peter wollte ihr gerade von dem märchenhaften Engel berichten und sie fragen, wie sie den Weg in den Wald zu dieser seltsamen alten Hütte gefunden hatte. Doch als er sich umschaute, konnte er es nicht fassen. Er befand sich in einem komfortablen Hotelzimmer und all seine Sachen lagen wohl geordnet auf einem kleinen Schränkchen gegenüber dem Bett. Meryl hatte die Zeitung in der Hand und hielt sie freudestrahlend in die Höhe. „Du bist frei!", rief sie laut. Und ehe Peter überhaupt begreifen konnte, was da vor sich ging, sprach sie weiter: „Man hat den richtigen Täter auf frischer Tat gestellt und bei ihm Deinen Ausweis gefunden, Er hat bereits alles gestanden und sitzt in Untersuchungshaft." Peter konnte es nicht glauben. Konnte es wirklich wahr sein, was er da hörte? War er wirklich frei? Ihm schien das Ganze derart unwirklich, dass er sich erst einmal in den Arm zwicken musste. Doch als das wehtat, wusste er, dass er nicht mehr träumte. Alles war real. Und er erinnerte sich an das, was der Engel zu ihm sagte. Er musste tatsächlich drei Tage und Nächte durchgeschlafen haben. Aber warum war er zwischendurch nicht aufgewacht? War er wirklich so müde? Und warum kam der Engel nicht noch einmal zu ihm? Er wollte sich doch so gern bei ihm bedanken. Aber der Engel kam nicht mehr. Und außerdem war Meryl bei ihm. Die beiden umarmten sich und küssten sich schließlich heiß und innig. Sie wussten, dass sie füreinander bestimmt waren. Dieses fantastische Wunder, welches er erleben durfte, hatte er nur diesem Engel zu verdanken. Doch waren es nicht auch seine grenzenlose Hoffnung und seine unbändige Kraft, die ihn zu dieser Schicksalswendung gebracht hatten? Nur sein starker Wille, leben zu wollen und die Kraft, alles durchzuhalten, belohnte ihn schließlich. Und der Engel war am Ende nur ein Produkt seiner Seele, seiner wundervollen Träume, oder? Er wollte nicht weiter darüber nachdenken. Er war froh, dass er dieses Glück haben durfte und ein solch unglaubliches

Wunder erleben konnte. Er hatte zu seinem Leben zurückgefunden und er dankte Gott für dieses neue Leben. Peter und Meryl wurden ein Paar und lebten glücklich in der großen Stadt. Und Peter genoss jeden Tag sein neues Leben.

Er war sich ganz sicher, dass es Engel gab. Man musste nur ganz fest daran glauben. Und außerdem lebte er ja nun dort, wo es leichtfiel, daran zu glauben! Er war ja in Los Angeles, der Stadt der Engel!

Der silberne Engel

Mick war einst ein berühmter Schauspieler und lebte seit Jahr und Tag recht glücklich und zufrieden in seiner mondänen Villa in West Hollywood. Eines Tages jedoch schien ihn das Glück zu verlassen. Die Leute wollten seine Filme nicht mehr sehen. Und obwohl er alles gab und die Actionszenen in den Filmen beispiellos gelungen waren, blieben die Kinokassen leer. Micks Management hüllte sich in großes Schweigen, wenn es darum ging, ob Mick einen neuen Film drehen sollte. Zu groß schien ihnen das Risiko, dass sie auf den hohen Kosten sitzenblieben. So wie in alter Zeit Millionen für einen neuen Film mit Mick als Hauptdarsteller auszugeben, fanden sie gar nicht mehr so prickelnd. Mick war am Boden zerstört und konnte es einfach nicht begreifen. Er, der einmal so gefragt war, in der Bedeutungslosigkeit versunken! Als schließlich auch seine Kreditkarten nicht mehr angenommen wurden, sah er sich gezwungen, seine Villa zum Kauf anzubieten. Auch der teure Wagen, inklusive Chauffeur kam unter den Hammer und irgendwann fand sich Mick in einer winzigen Wohnung in einem abgehalfterten Wohnsilo San Franciscos wieder. War das sein Ende? Sollte er aufgeben und den Kopf fortan in den Sand stecken? Er war ja auch nicht mehr so jung und die jungen neuen und viel wilderen Schauspieler wollten auf den Markt. Da störte er ja nur. Wer wollte schon die Falten eines alternden erfolglosen Schauspielers sehen? Wochenlang sperrte er sich ein, ließ die Jalousien an den Fenstern herunter und legte sich depressiv ins Bett. Er aß kaum noch etwas und zog den Telefonstecker aus der Dose. Allerdings brauchte er letzteres gar nicht mehr zu tun, denn ihn rief ohnehin keiner mehr an. Niemand kannte ihn mehr und seine vermeintlichen Freunde hatten ihn längst abgeschrieben. Als er so in der Dunkelheit seiner einsamen Wohnung, am Rande aller Eitelkeiten und aller Träume vor sich hinvegetierte, weckte ihn eines Nachts eine merkwürdige Erscheinung. Erst knisterte es ganz seltsam, dann erschien vor Micks erstauntem Gesicht eine leuchtende Silberwolke. Zuerst glaubte Mick, eine Halluzination zu haben, dann schob er alles auf seinen Depressionen. Als das auch nicht wirkte, trank er einen gehörigen Schluck aus der Whiskyflasche, die neuerdings neben seinem Bett ihr zweites Zuhause gefunden hatte. Allerdings half auch das nicht viel. Die Silberwolke wurde größer und heller und alsbald war der ganze Raum, der einst so dunkel und voller Traurigkeit war, strahlend hell und blitzende Sterne flogen durch die Luft. Mick saß in seinem Bett und glaubte, er träumte. Aber es war ein faszinierender, wunderschöner Traum. Ein Traum von einer außergewöhnlichen, viel zu fremden Welt. Und doch, diese vielen Sterne um ihn herum gaben ihm plötzlich so viel Zuversicht und Tränen liefen über sein Gesicht. Ausgerechnet ihm, dem Schauspieler, der eigentlich gar nicht mehr gebraucht wurde, erschien dieses unsagbare Wunder. Doch das war noch längst nicht alles! Zwischen all diesen wundervollen Sternen erschien ein silberner Engel mit silbernen Flügeln und lächelte ihn an. Er schwebte vor ihm und sprach kein Wort. Und gleichzeitig erhob sich eine seltsame Melodie, die so gar nicht von dieser Welt schien und erfüllte den Raum mit Magie und wundersamen Tönen. Sie war so sanft und warmherzig, dass Mick aus seinem Bett kroch und sich inmitten all der silbernen glitzernden Sterne im Tanze drehte. Der Engel, der das sah, bewegte seine Arme und schien die vielen Sterne anzuweisen, sich um Mick zu drehen. Sie drehten sich immer schneller und schließlich fand sich Mick in einer Serenade aus Licht wieder. So hell war es seit langer Zeit nicht mehr in seinem Leben. Aber wo kamen dieses Licht und all diese vielen Sterne, und vor allem, wo kam dieser silberne Engel her? Immer wieder stellte er sich diese Frage, aber wen interessierte das schon. Er war in diesem Moment so unsagbar glücklich, dass er sich einfach nur wohl fühlte. Diesen Augenblick des Glücks und der Hoffnung wollte er genießen, saugte ihn wie ein Schwamm in sich und in seine Seele auf. Das durfte niemals mehr aufhören. Und tief in seinem Herzen spürte er eine unsagbar starke Lust, etwas ganz Neues zu beginnen. Er schaute zu dem Engel, der ihn die ganze Zeit zu beobachten schien. Dieser Engel schien sich zu freuen, aber er schien auch sehr besorgt zu sein. Wie kam das nur? Kannte ihn dieser Engel? Wusste er von seinen Sorgen und Nöten? Und als er den Engel so betrachtete, wusste er es genau. Ja, dieser Engel kannte ihn wie ihn keiner sonst kennen konnte. Vielleicht wusste er besser Bescheid über ihn als er selbst? Aber warum dieser Tanz zwischen den Sternen. Warum diese Helligkeit? In der Silberwolke erschien ein dreidimensionales Bild. Es war, als würde ein Film auf einer riesigen Leinwand unmittelbar vor ihm abgespielt werden. Und als er sich selbst dort auf der Leinwand erblickte, erschrak er. Er sah sich, wie er einen Engel in einem ganz neuen Film spielte. So etwas hatte er noch nie in seinem Leben gespielt, einen Engel. Und als der wunderschöne Film endete, strömten Millionen und Abermillionen Menschen auf der ganzen Welt in die Kinos und wollten ihn sehen.

Alle wollten diesen einen Engel sehen. Einen Engel, der den Leuten so viel Hoffnung und so viel Kraft geben konnte, wie sonst keiner. Plötzlich jedoch verblasste das Bild. Der Engel aber nickte Mick aufmunternd zu und verschwand in der Silberwolke. Gleichzeitig verschwanden auch die vielen silbernen Sterne. Mick stand vor seinem Bett in der Dunkelheit seines armseligen Zimmers und fühlte sich so allein. Dieser Engel war viel mutiger als er, dachte er sich nur und wollte sich wieder in sein Bett legen, um auch den nächsten Tag zu verschlafen. Doch irgendetwas hielt ihn davon ab. Er konnte sich das nicht erklären, aber er konnte sich einfach nicht mehr ins Bett legen. Stattdessen setzte er sich an sein Telefon und rief sein Management an. Er sprach auf den Anrufbeantworter, dass er eine ganz neue Idee für einen ganz besonderen Film habe. Als er aufgelegt hatte, wusste er plötzlich, dass das, was er nun vorhatte, das Richtige war. Er wusste genau, dass sein Vorhaben gut war und ein großer Erfolg werden könnte. So etwas hatte er noch niemals zuvor gefühlt. Noch niemals war er sich so sicher wie in diesem Augenblick. Allein das glich bereits einem Wunder. Als der Morgen graute, fuhr er schon recht früh zeitig zu seinem Manager und unterbreitete ihm den neuen Vorschlag. Der schien zunächst gelangweilt und wollte nicht so recht mit Mick sprechen. Doch als er spürte, wie entschlossen und kraftvoll Mick redete und wie zielsicher er die einzelnen Szenen darlegte, staunte er. So hatte er Mick wirklich noch nie kennengelernt. Das war eine ganz neue Seite an seinem Schauspieler. Ja, einen solchen Film wollte er drehen und Mick sollte den silbernen Engel spielen. Dafür lohnte es, das Geld locker zu machen. Schon wenige Tage später waren alle Formalitäten geregelt und dann begannen die Dreharbeiten. Mick spielte wie ein junger Gott. Die Rolle als „Silberner Engel" schien ihm wie auf den Leib geschrieben zu sein. Das machte ihm wahrlich keiner nach. Und als der Film in die Kinos kam, wurde er ein absoluter Kassenknüller. Er spielte Millionen, ja sogar Milliarden ein und jeder Mensch auf dieser großen weiten Welt kannte ihn. Mick wurde weltberühmt. Er war der „Silberne Engel" aus dem wunderschönen Film. So viel Ruhm wurde ihm noch niemals zuteil und er wurde in nahezu jede große TV-Anstalt dieser Welt eingeladen. Mick, der „Silberne Engel"! Was für ein märchenhafter Erfolg! Längst konnte es sich Mick leisten, eine riesige Villa in West Hollywood zu kaufen. Doch das wollte er gar nicht. Er zog wieder in seine etwas kleinere bescheidenere Villa und fuhr ein ganz normales Auto, ohne Chauffeur! Er wusste nun, dass es auf all den Reichtum und die Millionenvilla gar nicht ankam. Wichtig war nur, dass er für eine Sache alles geben konnte, dass er für seinen großen Traum leben und sterben wollte. So hatte er es schließlich geschafft! Und als er eines Nachts auf der Terrasse seiner Villa in den sternenklaren Himmel schaute, entdeckte er südlich des Andromedanebels einen silbernen Schein, der aussah, wie eine kleine Wolke. Und irgendjemand stand plötzlich neben ihm und schaute gemeinsam mit ihm zu den Sternen hinauf. Es war der silberne Engel und Mick wusste, dass man nur zu den Engeln kommen darf, wenn man ein Mensch bleibt und anderen Menschen Hoffnung gibt.

Engel der Träume

Sarah lebte am Rande eines Slums, einer Siedlung, die nur aus Wellblechhütten bestand, in dieser riesigen Stadt Buenos Aires. Erst vor kurzem hatte sie ihren Ehemann durch eine schwere Krankheit verloren. Kinder hatten sie keine, und ihre Eltern, die auch so arm waren wie sie, lebten schon lange nicht mehr. Immer wieder ging sie zu dem kleinen Holzkreuz, welches sie am Rand des Hüttenmeeres aufgestellt hatte und weinte sich die Seele aus dem Leibe. Die Erinnerungen an die Kinderzeit, welche ihr die Eltern versuchten, so schön wie möglich zu gestalten, waren so nah. Und dann sah sie Finn, ihren Ehemann. Er musste so jämmerlich dahinvegetieren, bis er dann starb. Sie hatten so viel Schlimmes erlebt. Und doch niemals geklagt. Aber nun? Sollte es wirklich bis an ihr Lebensende so trostlos bleiben? Sie wusste genau, dass sich nichts ändern würde, hier in dieser Siedlung der Hoffnungslosigkeit. Hier am Rande allen Glücks. Hier regierten nur die Trauer und die Angst, die Krankheiten und das Verderben. Hier gediehen nicht einmal die Blumen. Dennoch hatte sie eine Rose für die Eltern und für Finn neben das Holzkreuz gelegt. Sie wusste, dass es die Eltern und auch Finn bemerken würden. Ihre Seelen waren ihr manchmal so nah. So unglaublich nah. Und dann wollte sie bei ihnen sein, für immer und ewig. Doch sie konnte es ja nicht. Denn sie musste leben. Sie musste es aushalten. Jedoch das Glück blieb fern, viel zu fern für ihre Träume. Von ihrer Mutter hatte sie einst ein weißes Sommerkleid bekommen. Mutter hatte es selbst genäht und ihr zum 18. Geburtstag geschenkt. Es war das Einzige, was sie sich ihr Leben lang vom Munde abgespart hatte- dieses Sommerkleid für Sarah. Als sie dann starb, sagte sie noch mit letzter Kraft auf ihrem Sterbebett zu Sarah: „Ach mein Kind, ich weiß, dass ich nun gehen muss. Aber ich werde dort oben immer an Dich denken, denn Du bist doch das Liebste und Beste, was ich mir je passiert ist. Eines Tages wirst Du das weiße Kleid tragen und im Park unter Weidenbäumen sitzen. Dann wird er kommen, der Engel der Träume und er wird Dich mit sich nehmen. Du wirst es wissen, wann diese Zeit gekommen ist. Dann gehe mit ihm und denk an meine Worte. Werde glücklich, denn das ist es, was ich Dir von ganzem Herzen wünsche. Ade Du mein liebster Stern."

Und als Mutter starb, da regnete es goldene Sterne vom Himmel herab, nur auf Sarahs Haupt. Sie wollte nie mehr aufhören zu weinen und wollte mit ihrer Mutter gehen. Irgendwohin, wo es besser sein würde. Doch sie blieb zurück und sie schwor sich, auf den Engel der Träume zu warten. Sie wusste genau, dass er kommen würde. Ja, eines Tages würde er da sein und sie würde wissen, dass er es ist. Dann würde sie ihm folgen und Mutter wieder sehen. Dort, irgendwo im fernen Reich der wunderschönsten Träume und der Illusionen. Und es wird so schön, wie es früher war. Die Rose neben dem Kreuz verdarb und auch der Sommer ging. Doch es war nicht kalt, nur kühl und der frische Wind zog in Sarahs einsame Hütte am Rande dieses riesigen Slums. Zwischen den unendlich vielen Wellblechhütten verfing er sich und mischte sich unter die unzähligen Stimmen der vielen Menschen. Und die Kinder riefen und sangen Lieder, trotz alledem. Sarah ging hinaus und hatte ein solch ein merkwürdiges Gefühl. So ein Gefühl kannte sie bisher noch nie. Es war anders und so seltsam leicht. Sie fühlte sich wie eine Wolke, ein Vogel, der nie wieder landen wollte. Und sie breitete ihre Arme aus und drehte sich im Kreis. Obwohl sie seit dem Vortage nichts mehr gegessen hatte, drehte sie sich wie ein Kreisel. Und sie fühlte sich wunderbar dabei. Niemals mehr wollte sie aufhören sich zu drehen. So bunt sah sie ihre Welt noch nie. Und als der Wind noch stärker wurde, da hörte sie aus der Ferne eine wohlbekannte Stimme. Sie rief nach ihr, sang ein Lied, ein ihr so vertrautes Lied. Es war Mutter, die da sang. Welch eine Freude – es war das Lied, welches sie ihr immer sang, wenn Sarah in ihrem Bettchen lag und ihre Äuglein schloss. So sanft, so liebevoll, so reich an Träumen. Welche eine Serenade, die sie da in ihrem Herzen spürte. Und ihre Seele wusste, dass sie nun gehen musste. Irgendetwas zog sie magisch fort. Doch zuvor holte sie es aus dem alten Schrank, dieses wunderschöne weiße Kleid von Mutter. Das einzige und Schönste, was ihr noch geblieben war von ihren Träumen. Sie zog es an und glaubte im selben Augenblick zu schweben. Unter sich sah sie die Millionen Blechhütten des dunklen Slums. Doch sie schwebte zu einem Park. Und dort standen hundert Weiden an einem weißen Kieselsteinweg. Eine alte hölzerne Bank wartete da im Blumenmeer auf sie. Sie nahm auf ihr Platz und spürte diesen märchenhaften Duft nach Rosen und nach Träumen. Dann sah sie Mutters Gesicht. Es schaute zwischen den Rosen hervor und lächelte sie an. Mutter hatte Tränen in den Augen. Sie sang ein wundervolles Kinderlied. Und leise klangen tausende Glöckchen, so, als wollten sie etwas einläuten, etwas Unfassbares ankündigenden Beginn eines wundervollen Traums vielleicht? Der Beginn des ewigen Glückes? Ihr weißes Sommerkleid leuchtete wie ein zauberhaftes Licht in der Sonne. Sie fühlte sich wie ein Stern und ihre Mutter nickte ihr zu.

Sarah spürte, dass gleich etwas Unerklärliches geschehen würde, denn so hatte sie noch niemals ihre Mutter lächeln sehen. So hatte sie Mutter noch niemals weinen sehen, weinen vor Glück. Und Mutters Lied wurde immer intensiver, wie auch dieser sagenhafte, unerklärliche Rosenduft. Es war, als wollten sich alle Gefühle dieser Welt und alle Düfte dieser Erde in einem Himmel, der nur aus Träumen bestand, vereinen. Sie sah Finn, der ihr aufmunternd zunickte und sie wusste, dass irgendetwas Neues für sie beginnen würde. Und dann sah sie ihn, diesen makellosen jungen Mann, der aus einer Wolke zu entsteigen schien. So etwas Prachtvolles, so etwas Unglaubliches hatte sie noch niemals zuvor gesehen und gefühlt. Welch eine Gnade, was für eine Demut empfand sie da. Sie verbeugte sich vor alledem und wurde im selben Augenblick erfasst von einer unbegreiflichen Liebe. Was für eine unaussprechliche Liebe! Nein, diese Liebe kannte sie nur von ihrer Mutter, von Vater und von Finn. Ach, wie hatte sie nur all diese Menschen so sehr geliebt. So tief und innig, dass sie es nicht sagen konnte. Nein, diese unübertroffene Liebe durfte niemals mehr vergehen. Und als sie aufschaute, sah sie diesen jungen Mann auf dem Weg vor ihrer kleinen Bank vorübergehen. Er blieb stehen, drehte sich um und seine himmelblauen Augen strahlten voller Zuversicht und voller Hoffnung. Ja, das musste er sein, der Engel der Träume! Sein goldenes Haar wehte ihm Wind und ihr war, als würde sie hören, wie er zu ihr sagte: „Komm mit mir. Komm mit in eine andere Welt, dort draußen in dieser unendlichen Weiten, wundervollen Ferne." Und er küsste sanft ihre Hände. Und sie stand auf und alsbald lösten sich beide auf in einer silbrig scheinenden Nebelwolke und eine leise Melodie erklang, wie eine ferne Symphonie. Mutters Lied.

Und Sarah weinte und auch der Engel hatte Tränen in den Augen und er nahm das Mädchen in seine Arme. Die beiden flogen durch die strahlenden Wolken ihrem Glücksstern entgegen. Weit hinter sich ließen sie die Welt und Sarah erinnerte sich an ihre kleine Bank, dort im Park der Illusionen. Da wusste sie, dass nicht nur *manche* Träume wahr werden. Nein, es waren *alle* ihre Träume, die wahr wurden. Was für ein Wunder, was für ein märchenhafter Traum. Und sie wünschte allen Menschen dort unten auf Erden dieses Glück, welches sie nun hatte. Denn er ist überall, dieser wundervolle Traum, diese einzigartige Hoffnung auf das ewige Glück. Denn es ist das, was nur sie in diesem Augenblick sehen konnte. Ja, Mutter hatte es gewusst. Nun war er da, dieser Moment, den nur er bestimmen konnte. Es war ihr Engel der Träume.

Der Engel der Hoffnung

Hurra! Das laute Gejohle war in der ganzen Straße des kleinen Ortes zu hören. Tim saß in seiner winzigen Einraumwohnung und konnte es nicht fassen. Er, der ungelernte Lagerarbeiter, der nie Geld hatte und nicht einmal mehr einen Kredit auf der Bank bekam, hatte einen Sechser im Lotto. Es war eine unbeschreibliche Freude, die in ihm emporstieg. Immer und immer wieder wiederholte er die Zahlen, die soeben gezogen wurden. Endlich lag er einmal richtig – endlich hatte auch er einmal Glück. Schon in den darauffolgenden Tagen kündigte er seine Wohnung und meldete sich in einer Fahrschule an. Er musste unbedingt den Führerschein nachholen. Und er sah sich schon in einem dicken Luxuswagen die engen Straßen seiner Provinzstadt entlang brausen. Alles kam, wie er es sich erträumt hatte. Das große Geld, der Luxuswagen, ein kleines Häuschen am Stadtrand, sogar ein Motorboot auf dem See des benachbarten Kurortes nannte er sein Eigen. Demütig dankte er seinem Schicksal und trug fortan die teuerste und modernste Markenkleidung. Seinen Job hatte er per Brief schnellstens gekündigt. Was sollte er mit dieser unbefriedigenden Arbeit, die ihm nichts einbrachte. Er genoss es regelrecht, an seinem ehemaligen Chef vorbeizufahren und hupte sogar noch, wenn er ihn auf der Straße überholte. So verging ein Jahr. Und Tim hatte wirklich viele neue Freunde gefunden. Die luden ihn sehr oft ein und sein Alltag glich einer einzigen Partymeile. Sollte das nun sein neues Leben sein?

Es war ein nebliger Januartag, als er kaum noch aus dem Bett kam. Alles fiel ihm schwer und er fühlte sich einfach nicht mehr wohl. Angst und Misstrauen befielen ihn. Was, wenn man ihn bestehlen würde? Er konnte keinem Menschen mehr trauen und zog sich mehr und mehr zurück. Und seine neuen Freunde? Denen war er schnurz egal. Die sahen nur sich selbst. Und wer nicht mit ihnen feiern wollte, der sollte doch bleiben, wo der Pfeffer wächst! Tim allerdings fühlte sich einsam und nicht mehr gebraucht. Obwohl er Millionen auf seinem Konto hortete, beschlichen ihn unendliche Traurigkeit und Leere. All die Menschen, die ihn noch aus seinen früheren Jahren kannte, hatten sich längst von ihm zurückgezogen. Sie konnten ja ohnehin nicht mit seinem Reichtum und seinem zügellosen Lebensstil mithalten. Und sie wollten es auch nicht. Seine Schwermut wurde von Tag zu Tag schlimmer. Das schöne Haus, der Luxuswagen, das Boot auf dem See – was sollte all das, wenn er es mit niemandem teilen konnte? Oft brach er in Weinkrämpfe aus, sah, wie er an Weihnachten mit seinen Eltern feierte. Sie hatten nicht viel, aber es war die Liebe und die Wärme, das Gefühl, dass da noch etwas ist, was in seinem Herzen lebte. Und nun? Seine Eltern hatte er schon seit Monaten nicht mehr besucht. Er wollte nur feiern, Party machen mit seinen neuen reichen Freunden! Eines Tages hielt er es nicht mehr aus. Der Druck im Kopf und die Stiche im Herzen waren derart stark, dass er ihnen nicht mehr standhielt. Er setzte sich in seinen teuren Luxuswagen und fuhr los. Seltsame Gedanken kreisten in seinem Hirn. Vor ihm verschwamm die Wirklichkeit zu einem leblosen fahlen Gebilde. Die schönen Wälder, die grünen Wiesen, er sah sie nicht mehr. Er raste an all dem vorbei und sah nur noch ein Ziel, den Tod! Fort aus dieser tristen Welt, fort aus dieser faden Einsamkeit. Nur weg von all dem leblosen Kram! Er bog auf die Autobahn und raste, jenseits aller Geschwindigkeitsbegrenzungen ins Nirgendwo. Irgendwann wurde auf eine Baustelle hingewiesen. Tim ignorierte das Schild. Vielmehr sah er in dem Hinweis einen Weg, seinem Leben ein jähes Ende zu setzen. Es war eine große Baustelle – eine neue Brücke sollte über ein tiefes Tal gezogen werden. Der Verkehr wurde umgeleitet. Die Fahrspuren, auf denen Tim unterwegs war, führten ins Leere. Tim durchbrach die Absperrungen und sah vor sich schon den gähnenden Abgrund. Er gab noch einmal ordentlich Gas und spürte, wie sich am Rande des Abhanges sein Fahrzeug von der sicheren Fahrbahn löste. Laut heulte der Motor auf und Tim starrte in das tiefe dunkle Tal hinein. Jetzt schien alles vorbei, nichts war mehr zu än-

dern. Und alles, was vordem noch abänderlich war, glich jetzt nur noch einer hohlen Seifenblase, die jeden Augenblick zerplatzen würde. Tim spürte, wie die Kälte des nahen Todes in ihm empor kroch. Sie nistete sich zuerst in seinen Füßen, dann in seinem Kopf und schließlich in seinem Herzen ein. Da tauchten plötzlich seltsame Bilder vor ihm auf. Erinnerungen aus der Kinderzeit zerflossenen in einer Erscheinung. Nein, das war kein Tal! Das war auch nicht der Tod! Es war seine Mutter. Sie lächelte nur und hatte Tränen in den Augen. Sie schwebte in einer gleißend hellen Wolke aus Licht über dem drohenden Tal und weinte leis. Und Tim schien es, als sei plötzlich die Zeit stehen geblieben. Zwar schwebte er noch immer zwischen Himmel und Hölle. Doch er bewegte sich nicht einen Millimeter mehr nach unten. Er konnte sich auch nicht mehr rühren, klebte auf seinem Ledersitz und starrte hinüber zu der wundersamen Engels-Erscheinung. „Ja", sprach sie da plötzlich zu ihm, „ich bin es, Deine Mutter. Die Frau, die Dich vor vierzig Jahren zur Welt gebracht hat. Die Frau, die immer an Dich gedacht hat und Dich niemals im Stich gelassen hat. Die Frau, die Dich immer geliebt hat."
Tim glaubte zuerst, er sei im Himmel angekommen. Vielleicht war er schon lange tot und alles, was er nun erlebte, war gar nicht mehr reell. Doch die Erscheinung sprach weiter zu ihm: „Du kannst es glauben oder auch nicht. Und Du bist auch nicht im Himmel, so einfach geht das nicht.

Es ist Dein Leben, welches Du einfach so wegwirfst. Aber wenn Du jetzt gehst, dann war auch mein Leben umsonst. Das kannst Du nicht wollen. Ich weiß es, dass Du das nicht willst."
Tim spürte, wie sich die anfängliche Starre in eine nicht aushaltbare Hitze verwandelte. Er begann zu zittern und die Luft wurde ihm knapp. Doch die Erscheinung blieb und sie sprach: „Nur dieses eine Mal ist es mir erlaubt, Dir noch zu helfen. Doch vergesse niemals, dass es wichtig ist, dass Du am Leben bist. Es ist eine Verantwortung, die Du trägst. Es ist eine große Verantwortung. Es ist die Hoffnung, die tief in Dir verwurzelt ist, die Du nicht zerstören kannst."
Was waren das für Worte? Plötzlich wurde Tim alles klar, ihm wurde alles bewusst! Es lag einzig und allein an ihm selbst, wie sein Leben auszusehen hat! Doch wovon hatte Mutter da noch gesprochen: Nur dieses eine Mal sei es ihr erlaubt – erlaubt, von wem? Instinktiv rappelte er sich auf und wollte sie danach fragen, doch die Erscheinung war verschwunden. Und statt des gähnend schwarzen Abgrundes sah er einen weißen Lichtstrahl, der aus dem Himmel zu kommen schien, unter sein Fahrzeug gleiten. Dann schwanden ihm die Sinne. Ein unaufhörliches Vogelgezwitscher ließ ihn aus seiner Ohnmacht erwachen. Langsam versuchte er, die Augen zu öffnen, blinzelte zunächst noch ungläubig in das Sonnenlicht hinein. Mehr und mehr kam er zu sich. Die Erinnerungen kehrten zurück: die Autobahn, die Baustelle, das Tal, seine Mutter!

War das alles real? Oder war er doch schon tot? Er riss seine Augen weit auf und schaute sich um. Noch immer saß er in seinem Fahrzeug. Doch das stand inmitten einer großen grünen Wiese. Überall wiegten sich Blumen im lauen Wind und auf einem kleinen Bäumchen hockten unzählige Vögelchen, die fröhliche Lieder zwitscherten. Er spürte, wie ihm alle Knochen schmerzten. Dennoch versuchte er, auszusteigen. Als er endlich auf der Wiese stand, schaute er zurück. Weit hinter sich sah er die Autobahn und da war sie, die Brücke, das Tal, die Baustelle. Er musste über das Tal hinweggeflogen sein. Aber wie war das nur möglich? Hatte seine Mutter etwa…? Unmöglich! Das war doch nur ein Traum! Oder? Doch nicht? Er setzte sich in die saftig grünen Halme der Wiese und schaute zum Himmel empor. Wie anders doch jetzt alles aussah. Wie schön doch diese Welt ist! Nein, wie konnte er nur einen Augenblick an all dem zweifeln? Gab es nicht nur diesen einen Sinn, den Sinn, einfach zu leben? Und plötzlich wusste er es genau!

Er wollte weiterleben! Er musste weiterleben! Allein schon seiner Mutter zuliebe musste er das! Doch hauptsächlich seiner Zukunft wegen! Seine Mutter hatte ihn auf diese Welt gebracht. Nun lag es an ihm, diese Welt so zu gestalten, dass er in ihr leben konnte. Dabei konnte ihm niemand helfen. Aber wollte er denn, dass ihm jemand dabei hilft? Ihm wurde plötzlich klar, dass nur er allein dieses Leben meistern kann. Tief in ihm drin liegt die Kraft, die er dazu braucht. Er hatte sie von seiner Mutter mit auf den Weg bekommen. Und diese Kraft ist unerschütterlich. Wie konnte er diese Kraft jemals vergessen? Sie war doch immer da. Sie war doch immer in seinem Herzen. Er stand auf und setzte sich zurück in den Wagen. Mit angemessener Geschwindigkeit fuhr er nach Hause zurück.

Er hatte es nicht mehr eilig. Und er war froh, dass ihm noch rechtzeitig klar wurde, was Leben eigentlich heißt, was es bedeutet, was es wirklich ist. Stück für Stück verkaufte er allen Luxus und trennte sich endgültig von seinen falschen Freunden. In einer großen Stadt lebte er in einer kleinen Wohnung, so wie damals, als er noch kein Geld hatte. Sein Luxusauto verkaufte er ebenfalls. Den gesamten Erlös stiftete er einer Gesellschaft für notleidende Kinder. Und er fand Freunde, viele ehrliche Freunde. Er begann zu schreiben und sein erstes Buch wurde ein Bestseller. Aber das Geld brauchte er nicht mehr, um wirklich glücklich zu sein. Er wollte nur einfach leben. Und manchmal, wenn er auf der Wiese nahe der Brücke saß, in welcher er sich beinahe selbst verloren hätte, sah er seine Mutter. Sie schwebte wie ein Engel vor ihm und sang leise:

„Es gibt immer eine Hoffnung, mein Junge"

Der Engel des Glücks

Benny war blind und wusste nicht, wie die Welt um ihn herum wirklich aussah. Er war erst zehn Jahre alt, aber seine Eltern liebten ihn so sehr, dass sie ihm alles ermöglichten, was er wollte. So besaß er alles, was Kinder in seinem Alter gern mochten. Und eigentlich hätte er sehr glücklich sein müssen, doch er war es nicht. Er wollte doch so gern sehen können. Das jedoch war der einzige Wunsch, den ihm seine Eltern nicht erfüllen konnten. So saß Benny oft allein zu Hause und weinte bitterlich. Die Eltern wussten nicht, was sie noch tun sollten und beteten jeden Abend. All der Reichtum und aller Luxus konnten Benny nicht das geben, was er wirklich wollte, das Augenlicht. Eines Tages klingelte es an der Tür und Bill, ein fremder Junge, der vorgab, in der Nachbarschaft eingezogen zu sein, meldete sich. Er sagte, dass er einen Spielkameraden suchte und gern mit Benny herumtollen würde. Und weil die Eltern nichts dagegen hatten, freuten sie sich über diesen neuen Kontakt. Beinahe täglich kam Bill zu Benny und die beiden wurden wirklich die besten Freunde. Bill störte es nicht, dass Benny nicht sehen konnte. Zusammen unternahmen sie so viel, dass die Eltern schon glaubten, dass Benny seine Krise endgültig überwunden hatte. Doch sie irrten sich. Denn irgendwann vertraute sich Benny Bill an. Er sagte zu ihm, dass er nicht mehr richtig glücklich sei und ihm das Lachen schon sehr schwerfiel. Bill machte sich große Gedanken um seinen neuen Freund. Und eines Abends, als er bei Benny schlafen durfte, hörte er die Gebete der Eltern. Da schaute er Benny mit großen Augen an und wusste wohl nicht, wie er ihm helfen konnte. In der nachfolgenden Nacht geschah etwas sehr Seltsames. Benny schlief schon tief und fest, da ging es Bill plötzlich nicht besonders gut. Er hatte starke Bauchschmerzen und musste auf die Toilette, um sich zu übergeben. Benny wurde wach und wunderte sich sehr über das Treiben, welches um ihn herum stattfand. Doch was war das, er sah seinen besten Freund Bill, wie der sich durch die Zimmer schleppte. Es schien ihm gar nicht gut zu gehen und Benny bekam große Angst um Bill. Ohne lange nachzudenken, lief er ins Schlafzimmer seiner Eltern. Doch die waren nicht da. Ihm fiel ein, dass sie ins Theater gehen wollten und offenbar noch nicht zurückgekehrt waren. Jetzt war guter Rat teuer. Er wollte Bill etwas fragen, doch als der aus der Toilette zurückkehrte und sich gerade ins Bett zurücklegen wollte, fiel er schließlich ohnmächtig auf den Fußboden. Benny bekam einen gehörigen Schreck. Doch schnell fasste er sich wieder, ging zielsicher zum Telefon und rief den Notarzt. Der kam sofort, doch Bill ging es schon wieder etwas besser. Er musste nicht in die Klinik mitgenommen werden. Im gleichen Augenblick erschienen auch Bennys Eltern. Sie erschraken sich sehr, als sie den Notarztwagen in der Auffahrt ihres Hauses erblickten. Sofort stürmten sie ins Haus und erkundigten sich nach dem Befinden der beiden Jungen. Doch der Notarzt gab Entwarnung und beruhigte die Eltern. Er meinte, dass Bill vermutlich eine Kreislaufschwäche erlitten hatte. Doch es ging ihm schon wieder wesentlich besser und Bennys Eltern waren erleichtert. Auch freuten sie sich, dass ihr Sohn so schnell und gut reagiert hatte. Da wussten sie, dass Benny eigentlich gar nicht so schwermütig sein konnte. Er fand sich bestens zurecht und hatte das Herz auf dem rechten Fleck. Am nächsten Morgen erwachte Benny erst sehr spät. Nach den nächtlichen Erlebnissen musste er erst einmal ausschlafen. Die Sonne blinzelte durch das geöffnete Fenster und der Wind bewegte leicht die Gardine davor. Benny wollte aufstehen, da stand Bill plötzlich vor seinem Bett. Aber was war das? Er schien über dem Boden zu schweben! Außerdem sah er irgendwie anders aus. Und plötzlich sprach Bill: „Guten Morgen lieber Benny. Wundere Dich nicht, aber ich bin nicht der, den Du kanntest. Ich bin ein Engel. Ich bin zu Dir gekommen, weil ich wissen wollte, ob Du wirklich so traurig und unglücklich bist, wie Du immer sagst. Aber das bist Du nicht. Du bist voller Kraft und Energie und weißt Dir sogar zu helfen. Ich muss nun wieder gehen und wünsche Dir viel Glück für Dein Leben. Und fürchte Dich nicht. Alles wird immer gut, wenn Du es willst.

Denn Du bist stark." Benny traute seinen Augen und Ohren kaum. Er sah Bill ganz genau. Und als dieser sich plötzlich in die Lüfte erhob und durchs geöffnete Fenster nach draußen flog, wusste er gar nicht, was er sagen sollte. Und obwohl er nicht glauben konnte, was er da sah, spürte er diese unglaubliche Kraft in sich. Immerhin hatte er alles gesehen, was da geschehen war und er wollte es seinen Eltern sagen. Doch als er in die Küche gehen wollte, bemerkte er wieder, dass er doch noch blind war. Wie aber war es möglich, dass er Bill sehen konnte? Und warum kannte er sich in der letzten Nacht so gut in der Wohnung aus? Plötzlich fiel es ihm ein! Er hatte nicht mit seinen Augen sehen können, sondern mit seinem Herzen. Damit konnte er deutlich sehen, was geschehen war. Und es war ganz seltsam- in seinem Herzen fühlte er etwas, was ihm in den letzten Wochen abhandengekommen schien, Glück! Lachend setzte er sich an den Frühstückstisch und wunderte sich, dass sich seine Eltern nicht an den nächtlichen Vorfall mit Bill erinnern konnten. Und es wurde noch mysteriöser! Nicht einmal an Bill konnten sie sich mehr erinnern. Wie konnte das nur sein, was ging hier nur vor? Da spürte er einen merkwürdigen, lauen Windhauch, der ihm um die Nase fächelte. Es war beinahe so, als sei Bill wieder zurückgekommen. Und schemenhaft glaubte er am Fenster Bills Umrisse zu erkennen. Der winkte ihm lächelnd zu und flog mit seinen weißen Schwingen davon. Benny liefen die Tränen übers

Gesicht. Dennoch war er glücklich. Und es war ganz seltsam – obwohl er ja blind war, hatte er den Engel genau gesehen.

Die Träne des Engels

Seitdem Jana denken konnte war sie drogen-
abhängig. Zwar zählte sie erst 20 Jahre,
aber ihre Drogenkarriere kannte bereits
sämtliche furchtbaren Geschichten, die man sich
nur vorstellen konnte. Doch obwohl sie bereits in
diesem jungen Lebensalter dem Tode näher war
als dem Leben, ließ sie die Drogen nicht. Sie
konnte auch gar nicht mehr aufhören. Zu abhängig war sie bereits geworden und zu schwach
war bereits ihr Körper. So pendelte sie zwischen
Knast, Entzugserscheinungen und dem Gefühl,
sich so richtig zugedröhnt zu haben. Und wenn
sie all das einmal nicht hatte, wurde sie von ihrem aggressiven Dealer-Freund krankenhausreif
geschlagen. Sollte es wirklich so weitergehen?
Jana wusste, dass sie wohl nicht mehr ewig leben
würde. In so manchem Drogenrausch sah sie ein
riesiges schwarzes Kreuz auf sich zukommen.
Und dann schwanden ihr sämtliche Sinne!
Längst war ihr das eigene Leben egal. Sie konnte
ohnehin nichts mehr an diesem Alptraum ändern. Und ihre Eltern, die lebten irgendwo auf
dem Lande und hatten sich losgesagt von ihr. So
gelangte sie immer mehr in die Drogenspirale
und kannte nur noch eine Alternative: den baldi-
gen Tod! Es war ein verregneter Novembertag.
Jana stand mal wieder auf dem Drogenstrich, um

sich das Geld für den nächsten, dringend benötigten Schuss zu „verdienen". Diesmal jedoch schien es so, als ob sie als einzige der vielen jungen und älteren Frauen, die unter der alten muffigen Brücke warteten, stehenblieb. Es wurde dunkler und dunkler und Jana hatte bereits die ersten Entzugserscheinungen. Das Zittern ihres schwachen Körpers versetzte sie jedoch nicht mehr in Angst. Sie kannte das alles schon zur Genüge. Trotzdem wusste sie, wenn sich innerhalb der nächsten Stunden kein Freier blicken ließ, blieb ihr nur noch ein Ausweg, um an Geld zu gelangen, sie musste sich das Geld stehlen! Und es sah so aus, als ob es genauso kommen würde. Wie aus dem Nichts erschien plötzlich ein alter Mann unter der Brücke und blieb schließlich vor Jana stehen. Er schaute ihr lange ins Gesicht und fragte dann: „Worauf wartest Du? Heute kommt keiner mehr. Du solltest weitergehen, bevor Du hier unten erfrierst oder krank wirst." Jana glaubte, sich in einem schlechten Film zu befinden. Hatte der Alte da eben etwas von „Erfrieren" und „Krank" gefaselt? Aggressiv und voller Wut ging sie auf den alten Mann los und schrie ihn an: „Eh, was willst Du Alter! Verschwinde und lass Dich hier nicht mehr blicken! Es sei denn, Du hast Zweihundert in Bar für mich! Dann kannst Du bleiben. Ansonsten zieh Leine, aber ein bisschen Pronto!" Janas Geschrei schien den alten Mann jedoch nicht zu beeindrucken. Er blieb und setzte sich auf einen feuchten Bordstein. Dann stöhnte er laut vor sich hin und hielt sich den Kopf. Jana wusste nicht, was sie zu dieser Beharrlichkeit sagen sollte. Sie war drauf und dran, endgültig auszurasten. Doch plötzlich geschah etwas sehr Merkwürdiges! Vor ihren Augen löste sich der alte Mann in Luft auf. Statt seiner entpuppte sich ein furchtbares Monster, dem das Blut aus dem Maul tropfte. Es brüllte und schrie derart fürchterlich, dass die Brücke erzitterte. Dann entfaltete es seine bedrohliche Größe vor der entsetzten Jana. Die wurde klein und kleiner und hatte nur noch Angst und Panik. Aber es war ganz seltsam, denn obwohl sie das Bedürfnis verspürte, davonzurennen, konnte sie es nicht. Wie ein gelähmtes Kätzchen stand sie vor dem fürchterlichen Monster und konnte sich nicht rühren. So etwas Entsetzliches hatte sie noch nie gesehen. Ihr stockte der Atem und sie spürte, wie sie die allerletzten Kraftreserven verließen.

Vor den blutroten Augen des blutrünstigen Monsters sank sie zu Boden. Das Monster hingegen verschwand augenblicklich und verwandelte sich wieder in den alten Mann. Der stand besorgt vor der regungslosen Jana und nahm behutsam ihre Hand. Während er ihre Hand hielt, hatte Jana einen merkwürdigen Traum. Vor ihrem inneren Auge entfaltete sich plötzlich das weite blaue Meer. Es rauschte und am blauen, blank geputzten Himmel erstrahlte hell die Sonne. War das schon das Paradies? Es roch nach Abenteuer und nach weiter Ferne. Und das Schönste an diesem Traum war: Sie hatte weder das Bedürfnis, sich Drogen zu spritzen, noch verspürte sie Entzugserscheinungen. Ihr ging es so gut wie noch nie in ihrem Leben. Ewig wollte sie diesen Traum behalten. Denn um ihren Kopf flatterten Möwen und Jana sah, wie sie die Vögel fütterte. Sie hörte sich lachen und fühlte sich endlos glücklich. Nein, dieser Traum durfte niemals zu Ende gehen.

Doch er ging zu Ende und alles fiel wie eine Sandburg in sich zusammen. Jana erwachte und fand sich, mit dem Kopf auf dem Schoss des alten Mannes liegend, wieder.

„Was war das nur? Wo bin ich? Wo ist das Meer, die Möwen? Bin ich schon tot?"

Der alte Mann schaute sie mit großen Augen an und raunte dann leise: „Nein, Du lebst Jana. Du hattest einen Traum. Und nun hast Du die Wahl. Entweder vom Monster Deiner Drogensucht restlos aufgefressen zu werden oder es jetzt sofort selbst anzupacken und die Drogensucht zu bekämpfen, bis Du Deinen Traum eines Tages leben kannst. Bis Du irgendwann die Sonne wieder unbeschwert sehen kannst und nicht unter einer stinkenden Brücke den kranken Körper für ein bisschen läppisches Geld verschenken musst. Du hast die Wahl, entweder vom Drogenmonster bis auf den letzten Tropfen Blut ausgesaugt zu werden oder im kühlen Wasser des Meeres baden zu gehen und sich von der Sonne bräunen zu lassen. Ja, Du hast die Wahl zwischen dem zähnefletschenden gierigen Monster, das nur an Deinem Blut interessiert ist und Dich nachdem es

Dich ausgesaugt hat, wegwirft wie einen alten Lappen oder dem Strand, an welchem Du die weißen Möwen fütterst, die sich in Scharen um Dich versammeln, weil Du ihnen etwas zu geben hast? Entscheide Dich jetzt, sofort!"

Jana fing an zu weinen. Ihre Seele schien in diesem Moment so durchweicht von den Worten des alten Mannes, dass sie einfach nicht mehr anders konnte: sie entschied sich für das Meer und die Möwen. Sie entschied sich für die Verwirklichung ihres wundervollen Traumes.

Der alte Mann lächelte und gab ihr einen blauen Edelstein in die Hand. Dann sagte er nur: „Bewahre ihn gut auf. Und denk immer daran, wenn Du ihn jemals weggibst oder zu Geld machst, dann wird Dich das Drogenmonster verspeisen. Bewahrst Du ihn eisern auf und hütest ihn wie Deinen Augapfel, dann wird Dein Traum Wirklichkeit werden."

Mit diesen Worten drückte er Janas Hand, in welcher er ihr den Edelstein gelegt hatte, ganz fest zu und verschwand. Jana sah nur noch eine weiße Möwe unter der Brücke emporfliegen. Sie nahm den Edelstein und wollte ihn genauer betrachten. Dazu trat sie aus der Dunkelheit des Brückenschattens heraus und lief hinauf auf die Brücke. Dort regnete es nicht mehr, nein, es schien die Sonne und der Edelstein funkelte wie ein blaues Feuerwerk des Lichtes. Der Edelstein war so wunderschön und anmutig wie die Träne eines Engels. Jana konnte nicht glauben, was sie da in ihren Händen hielt. Solch einen wunderschönen Edelstein hatte sie noch niemals gesehen. Nun wusste sie genau, was sie wollte. Sie wollte kein Drogenmonster mehr sehen und besann sich auf ihre Kraft. Plötzlich wusste sie genau, dass sie die Kraft in sich hatte. Das, was sie noch nie zuvor in sich spürte, konnte sie jetzt deutlich fühlen. Es glich an ein Wunder, an Magie. Wer war der alte Mann, dass er über solch eine Kraft verfügte. Ein Engel vielleicht? Insgeheim aber wusste sie genau, dass es nicht der alte Mann war, der ihr die nötige Erleuchtung brachte. Vielmehr war es ihre eigene Kraft, ihr eigener Wille, der trotz aller Niederlagen noch immer in ihrer Seele lebte. In diesem Augenblick wusste sie, dass sie alles schaffen könnte. Sie raffte sich auf und ging zu einer bekannten Drogenberatungsstelle. Dort wurde ihr sofort und ohne langes Fragen geholfen.

Jahre später und nach harten Entbehrungen hatte sie es geschafft. Sie brauchte keine Drogen mehr, um sich ihr Leben zurecht zu fixen. Sie hatte sich selbstständig gemacht und wurde Streetworkerin. Die Kraft, die ihr gegeben wurde, wollte sie unbedingt weitergeben. Den wundervollen Edelstein, welchen sie von dem alten Mann bekommen hatte, bewahrte sie zu Hause in einem Schmuckkästchen auf. Und immer, wenn sie mal die Kräfte drohten zu verlassen, holte sie ihn hervor und schaute in ihn hinein. Dann sah sie dieses unfassbare Feuer, welches in ihm brannte. Und sie wusste, dass dieses Brennen, dieses Lodern auch ihr selbst ist. Sie musste es nur herausholen. Die Kraft des Steines ließ sie eisern durchhalten und immer weiterkämpfen. Und sie bewahrte sich ihr Menschsein und konnte eines Tages ihren Traum verwirklichen. Sie kaufte sich ein kleines Häuschen am Meer und fütterte jeden Tag die Möwen am Strand. Eines Tages kam eine ganz besondere Möwe auf ihre Hand geflogen. Sie war weiß wie die Hoffnung und schaute so liebevoll, dass Jana meinte, in den Augen der Möwe die rauschende Brandung des Meeres zu sehen. Als die Möwe wieder davonflog, blieb etwas auf Janas Hand zurück. Es war ein märchenhafter klarer blauer Edelstein, der aussah wie die Träne eines Engels.

Der Engel Gabriel

Es war eine schwierige Zeit. Leon glaubte, er sei bereits am Ende seines Lebens angekommen, so schlecht ging es ihm. Zuerst verlor er seinen Job als Medienmanager, dann gingen ihm die Ersparnisse aus. Er verlor Haus und Hof und als ob es damit noch nicht genug sei, lief auch noch seine Frau davon und tröstete sich mit einem reichen Firmenboss. Leon konnte es nicht fassen, denn alles geschah innerhalb kürzester Zeit. Nie hätte er sich vorstellen können, dass es einmal so schlimm kommen würde. Tagelang schloss er sich in seiner winzigen Mietwohnung ein und starrte mutlos aus dem Fenster in der zehnten Etage hinaus in die eisige Kälte dieser großen Stadt. Sollte jetzt wirklich alles zu Ende sein? Freunde, die ihn hätten trösten können, hatte er keine und so soff er sich beinahe die Seele aus dem Leibe. Überall in seiner Wohnung standen die Schnapsflaschen herum und immer sinnloser fand er sein Leben. Eines Nachts hielt er es einfach nicht mehr aus. Noch immer nicht so ganz nüchtern zog er sich an und verließ das Haus. Er wollte alles zurücklassen und seinem sinnlos geglaubten Leben ein Ende setzen. Wie er es anstellen wollte, wusste er jedoch noch nicht. Vielleicht am Bahndamm, vielleicht auf einer hohen Brücke. Ziellos lief er durch die Straßen dieser riesigen Stadt, zwischen den zahllosen flackernden Lichtreklamen hindurch, bis zur nächsten Kneipe. Vielleicht half es was, wenn er sich vor seinem entsetzlichen Vorhaben Mut antrank? Bei PAULE, einer Nachtbar an der Straße war wie immer viel Betrieb. Denn dort gab es keine Nachtruhe. All die verlorenen Seelen, die Nachtschwärmer, die ewig Suchenden und die Damen aus dem benachbarten Club fanden hier eine Zuflucht. Eine Flucht aus ihrem Leben. Hier lebten all die Träume, die sie sonst nie äußern durften, auf. Es war die „Kneipe der Hoffnung", wie man sie in der Gegend nannte. Leon suchte sich einen Platz an der Bar und trank einen Blue Curacao nach dem anderen. Er wusste, dass man bei PAULE anschreiben lassen konnte. Die meisten hatten dort haushohe Schulden, die sie nie oder nur selten bezahlten. Als er so allein seine Drinks in sich hineinlaufen ließ, nahm plötzlich ein seltsam gekleideter Mann neben ihm Platz. Er war vollkommen in Schwarz gekleidet und sein silbrig weißes Hemd leuchtete Leon ins Gesicht. Irgendwie sah der Fremde aus wie ein Priester. Nachdem er sich einen Wein bestellt hatte, sprach er Leon an. „Du siehst nicht gut aus. Kann ich Dir vielleicht helfen?", sagte er und seine Stimme flößte Leon sofort Vertrauen ein. Die beiden kamen ins Gespräch und Leon konnte das erste Mal über alles, was ihn bewegte und was ihm in den letzten Wochen und Monaten widerfuhr, reden. Der Fremde hörte geduldig zu und unterbrach Leon nicht. Ab und zu nahm er einen kleinen Schluck aus seinem Weinglas und Leon bemerkte, dass er Tränen in seinen Augen hatte. Sollte er dem Fremden wirklich alles erzählen? War nicht alles schon schlimm genug? Was half es, wenn er ihm sein verkorkstes Leben offenbarte? Doch der Fremde, der Leons Gedanken verstanden zu haben schien, sagte nur: „Erzähle ruhig weiter. Du brauchst Dir keine Gedanken zu machen. Sei einfach nur offen und rede, wenn Du es willst. Erleichtere Dich." Leon konnte gar nicht mehr aufhören und der Fremde hörte ihm interessiert zu. Irgendwann unterbrach der Barkeeper das einseitige Gespräch. „Kannst Du bezahlen?", fragte er Leon, der schon den sechsten Dring intus hatte. Gerade wollte Leon mit dem Kopf schütteln, da holte der Fremde einen Geldschein aus der Hosentasche und legte ihn auf den Tresen. „Reicht das für unsere Getränke? Ich übernehme alles", sagte er lächelnd. Der Barkeeper nahm den Schein und sagte nur: „Na sicher reicht das. Stimmt det so?" Der Fremde nickte und fragte Leon, ob er mitkäme, um sich draußen die Beine zu vertreten. Leon, der noch immer viel erzählen wollte, hatte natürlich großes Interesse, den Fremden zu begleiten. Er erschien ihm so zugänglich, so verständig. Die beiden schlenderten die breite Straße entlang und irgendwann standen sie vor einer großen Kirche. Das Tor war seltsamerweise geöffnet und der Fremde trat ein. Er bedeutete Leon, ihm zu folgen und sie liefen an den endlosen

Sitzreihen entlang bis zum Altar. Dieser war in ein Meer von leuchtenden Kerzen eingebettet. Da kniete der Fremde nieder und bekreuzigte sich. Er sprach ein Gebet und Leon schwieg ehrfurchtsvoll. Noch nie war er in einer Kirche und er fragte sich, warum er so bereitwillig mit dem Fremden hier hinein gegangen war. Neugierig schaute er sich um. An den steinernen Säulen flackerten unzählige Kerzen. Plötzlich erschienen aus einem Seitenflügel sieben Personen in weißer Kleidung. Sie stellten sich im Halbkreis auf und sangen ein geistliches Lied. Leon glaubte, es schon einmal im Radio gehört zu haben. Aber hier in der Kirche hörte es sich tausendmal schöner an. Der Fremde stand neben Leon und schwieg. Und wieder bemerkte Leon, dass er Tränen in den Augen hatte. Diesmal spürte er es ganz deutlich: diese Liebe, diese Anmut, die durch die gesamte Kirche zog. Sie breitete sich in seinem Herzen aus und ergriff seine tot geglaubte Seele. Als der Chor geendet hatte, zog er sich in den Seitenflügel zurück. Nur Leon und der Fremde standen noch vor dem Alter. Da sprach der Fremde: „Übrigens, mein Name ist Gabriel. Ich weiß, dass Du Leon heißt."
Leon staunte, dass der Fremde seinen Namen kannte. Er hatte ihm den Namen nicht gesagt. Aber das war ihm jetzt auch egal. In diesem Moment fühlte er sich so stark wie noch niemals zuvor in seinem Leben. Auch die vielen Drinks schien er gut verarbeitet zu haben. Er war weder angetrunken noch taumelig. Er fühlte sich ganz

einfach nur wunderbar. Und er wusste nicht, ob das an der Anwesenheit von Gabriel, dem Fremden lag. Er freute sich lediglich, dass es so war. Gabriel sagte leise: „Weißt Du Leon, manchmal kommt alles Schlechte auf einmal. Und wir müssen damit umgehen, wir müssen damit fertig werden. Dabei fühlen wir uns schwach- und diesen bösen Mächten ausgeliefert. Wir wollen nicht mehr weiter machen und geben einfach auf. Dabei ist die Kraft, die wir brauchen, ständig in uns drin. Sie ist tief in uns verwurzelt und muss nur ans Licht geholt werden. Gott hat sie uns mit auf den Lebensweg gegeben. Jeder Mensch hat sie in sich. Doch nicht alle Menschen besinnen sich auf sie. Dabei ist es gar nicht so schwer. Fürchte Dich nicht Leon. Du wirst alles schaffen, denn Du bist stark. Du musst nichts weiter tun, als an Dich selbst zu glauben. Versteck Dich nicht und trete hinaus ans Licht. Dann wirst Du sie spüren, diese wundervolle Welt. Denn sie ist einzigartig, genau wie Du.“

Gabriel schaute andächtig hinauf zum Jesuskreuz und plötzlich trat ein gleißend helles Licht aus der Inschrift *INRI* hervor und traf auf Gabriel und auf Leon. Doch Leon erschrak nicht, nein, es war wie ein Wunder. Als das Licht auf ihn traf, glaubte er zu fliegen. Er schwebte durch die ganze Kirche und alles war so wundervoll und leicht. Ohnmächtig fast fühlte er diese Demut und diese Herrlichkeit, so bewusst, dass alles erleben zu können. Welch ein Glück ergriff da sein Herz. Alles lag klar und deutlich vor ihm.

Als das Licht wieder verschwand, war auch Gabriel nicht mehr da. Leon suchte nach ihm, lief in der Kirche auf und ab, doch er fand ihn nicht mehr. Er rannte aus der Kirche, doch die Straße vor der Kirche war menschenleer. Als er in die Kirche zurückkehrte, kam ihm der Pfarrer entgegen. Er fragte Leon, wie er hereingekommen sei, denn die Tür war abgeschlossen. Leon antwortete erstaunt, dass er mit einem Begleiter namens Gabriel hier hereingekommen war. Die Tür stand weit offen und überall standen Kerzen und verbreiteten ein angenehmes Licht. Außerdem hatte ein Chor hier gesungen. Der Pfarrer schaute Leon misstrauisch an.

„Das kann gar nicht sein", meinte er dann, „wir schließen immer ab. Und der Kirchenchor probt nicht in der Nacht. Trotzdem können Sie sehr gern hierbleiben, denn wenn die Tür schon offenstand, dann braucht niemand mehr zu gehen."

Leon ging wieder hinein und vermisste die leuchtenden Kerzen und den Chor. Und er vermisste Gabriel. Wo er nur geblieben war? Todmüde sank er auf einen Sitz und schaute zum Altar. Und er wusste, dass Gabriel recht hatte. Nur nachdenken, das konnte er jetzt nicht mehr. Er verabschiedete sich vom Pfarrer und ging nach Hause. In den folgenden Tagen und Wochen veränderte sich Leons Leben radikal. Er fand wieder neuen Mut und er spürte plötzlich die Kraft, die in ihm steckte. Seine Freude am Leben kehrte zu ihm zurück und er fand eine wunderschöne Frau, die ihn sehr liebte. Die beiden bekamen drei wundervolle Kinder. Und immer wieder dachte Leon an seinen Freund Gabriel. Er vermisste ihn so sehr. Denn Gabriel war es, der ihm den Glauben an sich selbst zurückgegeben hatte.

Eines Tages ging er wieder in jene Kirche, in welcher Gabriel mit ihm damals war. Als er vor dem Altar stand, so wie einst mit Gabriel, schaute er sich auch die vielen Engelsfiguren an, die dort standen. Ein Engelchen kam ihm sehr bekannt vor und er wusste plötzlich, wer das war. Es war Gabriel. Und die anderen Engel waren die sieben Sänger des Kirchenchores, welche sie in der Nacht singen sahen. Da wusste er, dass Gabriel immer bei ihm war. Und als er auf die Knie fiel und sich bekreuzigte, lächelte ihm Gabriel zu und Leon glaubte zu hören, wie Gabriel ihm zuflüsterte: „Fürchte Dich nicht, denn Du bist stark und wirst alles schaffen."

Das Engelsbuch

23. Mai 2002

Ted hatte Geburtstag. Er wurde dreiunddreißig Jahre alt. Es kamen viele Gäste und er freute sich über die vielen Geschenke. Ted hatte wirklich unzählige Freunde und weil er in seinem Job als Bankmanager sehr viel Geld verdiente, wurde sein Freundeskreis größer und größer. Gegen Abend gingen die Gäste wieder und Ted wollte sich todmüde ins Bett legen. Doch plötzlich klingelte es. Wer konnte das noch sein? Sicher hatte nur jemand der Gäste irgendetwas vergessen. Doch so war es nicht, vor der Tür stand ein alter Mann. Er lächelte und sagte schließlich leise: „Herzlichen Glückwunsch zum Geburtstag. Auch ich will Dir etwas schenken. Hier, das ist für Dich. Viel Glück damit." Mit diesen Worten drückte er Ted ein Präsent in die Hand. Ted wusste nicht, wie ihm geschah, denn er kannte den Alten nicht und wunderte sich sehr über das Geschenk. Er packte es aus und hielt ein Buch über Engel und Elfen in der Hand. Weil er schon zu müde war und sich eigentlich auch gar nicht für solcherlei Dinge interessierte, legte er es achtlos in sein Bücherregal und dachte nicht mehr daran. In den folgenden Tagen schien sich sein bisher so erfolgreiches

Leben abrupt zu ändern. Die Kunden wollten nicht mehr mit ihm verhandeln und eines Tages offerierte ihm sein Chef, dass er sich für einen neuen Mitarbeiter in der Bank entschieden hatte. Ted wurde fristlos entlassen. Doch das war noch lange nicht alles. Immer öfter brach das Unglück über ihn herein. Er verlor seine gesamten Ersparnisse und seine vermeintlichen Freunde. Irgendwann stand sogar seine teure Luxuswohnung auf der Kippe. Er konnte sich die hohe Miete nicht mehr leisten und wurde von seinem Vermieter auf die Straße gesetzt. Ted konnte es nicht fassen. Nun hatte er alles verloren. Mit einem einzigen kleinen Pappkarton, in welchem sich seine restliche Habe befand, zog er unter eine Brücke. Dort versuchte er es sich bequem zu machen. Aber er blieb nicht lange allein. Andere Obdachlose hatten ihn längst bemerkt und versuchten, ihn von seinem Platz zu vertreiben. Sie wollten die Unterkunft unter der Brücke mit niemandem teilen. Unter den wenigen Habseligkeiten, die Ted noch geblieben waren, befand sich auch das seltsame Engelsbuch des alten Mannes. Er holte es heraus und blätterte darin. Da entdeckte er ein Lesezeichen, welches zwischen den Seiten klemmte. Ted las die Seiten, wo es steckte. Er erschrak, auf den Seiten wurde vom Schicksal eines jungen Mannes geschrieben, der ab seinem dreiunddreißigsten Geburtstag nur noch Unglück und Pech hatte. Jedes einzelne Detail glich haargenau den Erlebnissen, die er in den vergangenen Monaten durchgemacht hatte.

Das konnte doch gar nicht sein. Er wusste nicht, was das zu bedeuten hatte. Außer sich vor Empörung und vor Wut nahm er das Buch, zerriss es und warf die Papierschnitzel in den Fluss unter der Brücke. Dann nahm er seine Sachen und zog weiter. Doch es wurde immer schlimmer. Er wurde krank und hätte eigentlich ins Krankenhaus gemusst. Doch zu allem Unglück besaß er auch keine Krankenversicherung. In einem Wald, hinter dichtem Buschwerk versteckte er sich und glaubte bereits, sterben zu müssen. Da geschah etwas Seltsames. Eines Abends stand der alte Mann vor ihm, der ihm einst das Engelsbuch geschenkt hatte. Er schaute Ted besorgt an und meinte dann, dass er das Buch hätte weiterlesen sollen. Und er meinte, dass noch nicht alles zu spät sei. Ted sollte nur noch einmal in seinen Pappkarton schauen. Der Alte verschwand und Ted glaubte zunächst nicht an dessen Worte. Doch dann entschied er sich doch, in seinen Karton zu sehen. Mit letzter Kraft kramte er in seinem Karton herum und fand eine zerrissene Seite aus dem Engelsbuch. Offenbar hatte er damals nicht alle Papierschnitzel in den Fluss geworfen oder eines war in seinen Karton zurückgeflogen. Er holte es heraus und las was da geschrieben stand. Völlig verdutzt las er, dass ihm großes Glück beschieden sei, wenn er das Buch drei Jahre lang in seinem Besitz hätte. Es endete damit, dass er fortan glücklich und gesund leben könnte. Ted nahm den Papierschnitzel und steckte ihn in seine Hosentasche. Und welch Wunder, schon in der Nacht spürte er, wie ganz neue Kräfte in seinen kranken Körper zogen. Von Stunde zu Stunde fühlte er sich besser. Am nächsten Morgen fühlte er sich schließlich so gut, wie seit Jahren nicht mehr. Und er wusste gar nicht, wohin er zuerst gehen sollte. Er nahm seinen Pappkarton unter den Arm und lief durch die Straßen. Da entdeckte er ein Lotterielos auf dem Bürgersteig vor sich. Es flatterte im Wind immer mit ihm mit. Ted hob es auf und betrachtete es. Es war sogar noch gültig. Und da keiner zu sehen war, dem es gehören könnte, nahm er es einfach mit. Vor einem Fernsehladen, in dem den ganzen Tag ein TV-Gerät lief, verfolgte Ted die abendliche Lottoziehung. Und wieder hatte er Glück und das Los gewann. Ted war mit einem Schlag wieder reich. Er konnte sich ein kleines Haus leisten und lebte zufrieden und glücklich. Und als er auf den Kalender schaute, welchen er in seiner prall gefüllten Geldbörse trug, wunderte er sich. Es war der 23. Mai 2005, drei Jahre nachdem er das Engelsbuch von dem Alten geschenkt bekam.

Der Engel auf den Gleisen

Was für ein wunderschönes Leben. Die junge Familie schien tatsächlich nur noch Glück zu haben. Erst der Super Job des Vaters Ron und dann auch noch der Lottogewinn seiner Frau Lisa. Besser konnte es nicht sein. Zusammen mit ihrem kleinen Sohn Tim glaubten sie, dass es ewig so bliebe. So kauften sie sich ein neues, schickes Haus in sehr guter Lage und legten sich zwei teure Autos zu Alle Nachbarn im Dorf beneideten sie um dieses Glück. Doch eines Tages schien sich das Blatt zu wenden. Zuerst verlor Ron seinen bis dahin sicher geglaubten Job. Zwar hoffte er, mit seinen gerade mal 43 Jahren sofort eine neue Arbeit zu bekommen. Aber das schien ein Irrglaube, denn keine Firma stellte ihn ein. Diese Hiobsbotschaft sprach sie irgendwann bis zur Hausbank der Eheleute herum. Da das schöne Haus rundum mit Krediten finanziert wurde, forderten die Banken plötzlich und unerwartet sämtliche Kredite zurück. Dabei ging der restliche Lottogewinn von Lisa drauf und es blieben haushohe Schulden. In kürzester Zeit verloren sie alles. Die Autos konnten nicht mehr gehalten werden, das Haus war weg und Rons Super Job blieb nur noch eine nette Erinnerung an ferne Zeiten. Die Familie lebte fortan in einem lauten herunter gekommenen Wohnsilo am Rande der großen Stadt. Alkohol und Hoffnungslosigkeit schlichen sich in den Alltag ein. Und eines Tages erfuhr Lisa, dass sie schwer krank sei. Es war Krebs und sie starb sehr schnell an dieser heimtückischen Krankheit. Ron stand plötzlich ganz allein mit dem Sohn da. Wie sollte es nur weitergehen? War das Leben nun endgültig vorbei? Er wusste nicht mehr, wie er noch durchhalten sollte, denn langsam gingen ihm die Durchhalteparolen aus. Er musste mit Tim zum Sozialamt und um jeden Groschen betteln. Und er wusste, dass es so nicht mehr weiter gehen konnte. In einer regnerischen Nacht hatte er genug von diesem furchtbaren Leben. Mit Tränen in den Augen schaute er sich noch einmal um. Er nahm das Bild von Lisa an sich und hob Tim aus seinem Bettchen. Dann verließ er das Haus und fuhr mit dem alten klapprigen Auto stundenlang übers Land. Irgendwo an einem Bahndamm hielt er schließlich den Wagen an. Er nahm Tim und lief zu den Gleisen. Von aller Welt verlassen und mit den Nerven am Ende setzte er sich schließlich mit seinem Sohn auf die Gleise und wartete auf einen Zug. Er dachte nicht mehr nach, ob es vielleicht doch noch einen Weg, eine Chance gäbe. Aber er fühlte die Fragen in seiner Seele, sie wogen tonnenschwer und erdrückten ihn beinahe. Warum nur all diese Strafen? Warum durfte er nicht glücklich sein? Warum, warum. Nein, das Leben war kein Leben mehr. Vielleicht würde es ja im nächsten Leben besser, oder dort oben, im Himmel? Aus der Ferne vernahm er bereits das Klappern eines herannahenden Zuges. Gleich würde alles zu Ende sein. Tim war wieder eingeschlafen. Ron strich ihm übers Haar und gab ihm ein Küsschen auf die Wange. Sollte das schon der allerletzte Abschied sein? Er sah bereits die Lichter der Lokomotive hinter einer Biegung hervorblitzen, da schaltete plötzlich das Signal, welches etwas weiter vor ihnen stand, auf Rot. Das konnte doch gar nicht sein. Ron begriff nun gar nichts mehr. Die Bremsen des Zuges kreischten und der Zug blieb kurz vor dem Signal stehen. Durch den immer stärker werdenden Regen konnte Ron kaum noch etwas erkennen. Wie kleine Bäche lief ihm und seinem Sohn das Wasser übers Gesicht. Er stand auf und lief dem Zug entgegen. Doch das Signal schaltete einfach nicht mehr um. So etwas konnte es nicht geben. Hatte er nicht einmal hier Erfolg? Plötzlich sah er eine Person vor sich auf den Gleisen stehen. Langsam ging er auf sie zu und erschrak fürchterlich. Vor ihm stand Lisa, seine Frau. Doch was war das, obwohl es regnete, war sie nicht nass. Sie stand vor ihm und schaute ihn besorgt an. Ron starrte auf die Erscheinung und konnte sich plötzlich nicht mehr rühren. Wie versteinert stand vor der Erscheinung seiner Frau. Lisa begann zu sprechen: „Was Du vorhast, darfst Du nicht ausführen. Das würde ich Dir niemals verzeihen. Denk doch mal an Tim. Was soll denn werden, wenn Du ihn und Dich eiskalt umbringst? Dafür habe ich unseren Sohn nicht bekommen. Ich habe ihn so geliebt.

Und Dich ebenfalls. Tu es nicht Ron. Um unsertwillen. Ich bin immer bei Dir und ich bin immer bei Tim. Gebe ihm eine Chance auf sein Leben. Und gebe uns eine Chance für die Liebe. Ich bin immer bei Euch, das darfst Du niemals vergessen. Ihr seid nicht allein, keine Sekunde!" Bei diesen letzten Worten löste sich die Erscheinung in Luft auf. Ron stand vollkommen durchweicht im strömenden Regen und hielt wortlos seinen Sohn in den Armen. War das wirklich Lisa? Er ging ein paar Schritte nach vorn, da lag etwas, er hob es auf, es war eine Geldbörse. Es war Lisas Geldbörse. Wie kam die nur hierher? Er nahm sie an sich und verließ schnellen Schrittes die Bahngleise. Augenblicklich schaltete das Signal auf Grün und der Zug setzte sich rumpelnd in Bewegung. Klappernd fuhr er an den beiden vorbei. Ron schaute ihm lange nach, bis die roten Rücklichter im Regen verschwanden. Sollte Lisa wirklich dort gestanden haben? Auf einmal spürte er eine seltsame Wärme im Herzen und er wusste, dass sie es war. Plötzlich wurde ihm klar, dass sie immer bei ihnen blieb, in ihrem Herzen und in ihren Seelen. Und er spürte wieder Kraft in seinen Armen. Nein, er durfte nicht aufgeben! Nicht jetzt! Tim war doch noch so klein und er musste leben! Er hatte doch noch alle Chancen dieser Welt und Ron wusste, dass er für ihn da sein musste. Ja, er lebte nur für ihn! Allein das war es wert, weiterzuleben! Er setzte sich ins Auto und wischte Tim vorsichtig das Regenwasser vom Gesicht. Dann hüllte er ihn in eine Decke und legte ihn auf die Rückbank des Fahrzeuges. Langsam fuhr er nach Hause zurück. Als er mit Tim im Bett lag, fiel ihm Lisas Geldbörse ein. Wie kam die nur auf die Gleise? Er stand noch einmal auf, schaute, ob Tim noch schlief und holte die Börse. Als er hineinschaute, entdeckte er ein zusammengefaltetes Stück Papier. Er breitete es aus und glaubte, der Schlag würde ihn treffen. Es handelte sich um eine Versicherungspolice, die Lisa noch während ihrer Krankheit heimlich abgeschlossen hatte. Bei ihrem Tode würde Ron 250.000 Euro erben. Der konnte sein Glück kaum fassen. Lisa war als Geist noch einmal zu ihm zurückgekommen, um ihm das zu geben. Nicht auszudenken, wenn er... Er konnte den Gedanken nicht zu Ende denken. Die Versicherung zahlte ihm die volle Summe aus. Er zog mit Tim in eine schöne Wohnung und arbeitete in einem Verein für Krebskranke mit. Zwar verdiente er dort nicht sehr viel Geld. Aber es reichte für ein anständiges Leben. Was Ron nie erfuhr, an der Signalanlage der Bahn war eine Kamera angebracht. Als man sie abnahm, um den Film zu wechseln, wunderte man sich sehr. In der Nacht, in welcher Ron auf den Gleisen saß, hatte die Kamera eine weiße Gestalt, die über den Gleisen schwebte, aufgezeichnet. Sie leuchtete minutenlang hell auf und hatte weiße Flügel.